MW01624585

COLECCIÓN CLÁSICOS

Fuenteovejuna

Lope de Vega

ADAPTADO POR ELENA O'CALLAGHAN I DUCH

LITERATURA**SM**•COM

Primera edición: abril de 2016
Quinta edición: octubre de 2018

Gerencia editorial: Gabriel Brandariz
Coordinación editorial: Carolina Pérez
Contenido pedagógico: María Zubicoa

Diseño de interiores: Julián Muñoz
Coordinación gráfica: Lara Peces
Fotografías: José Manuel Navia/Archivo SM; Alianza Editorial; Prisma; Photononstop; Shutterstock; Istock; Getty Images; Morena Films; Album; Antena 3/Conspiraçao Filmes/Ikiru Films/El Toro Pictures; Archivo SM

Impresores, 2
Parque Empresarial Prado del Espino
28660 Boadilla del Monte (Madrid)
www.grupo-sm.com

ATENCIÓN AL CLIENTE
Tel.: 902 121 323 / 912 080 403
e-mail: clientes@grupo-sm.com

ISBN: 978-84-675-8598-8
Depósito legal: M-3266-2016
Impreso en la UE / *Printed in EU*

Índice

Introducción

En tiempos de Lope de Vega

CONTEXTO HISTÓRICO

1556 - 1598
Reinado de Felipe II

1563
El constante desacuerdo entre protestantes y católicos desemboca en el Concilio de Trento.

1571
Batalla de Lepanto

1580
Incorporación de Portugal y sus colonias a España

1588
Derrota de la Armada Invencible

1540 1545 1550 1555 1560 1565 1570 1575 1580 1585

LOPE DE VEGA **1562-1635**

CONTEXTO CULTURAL

1547
Nace Miguel de Cervantes

1554
Publicación del *Lazarillo de Tormes*

1564
Nace Shakespeare

1564
Santa Teresa de Jesús termina *Camino de perfección*

1580
Nace Francisco de Quevedo

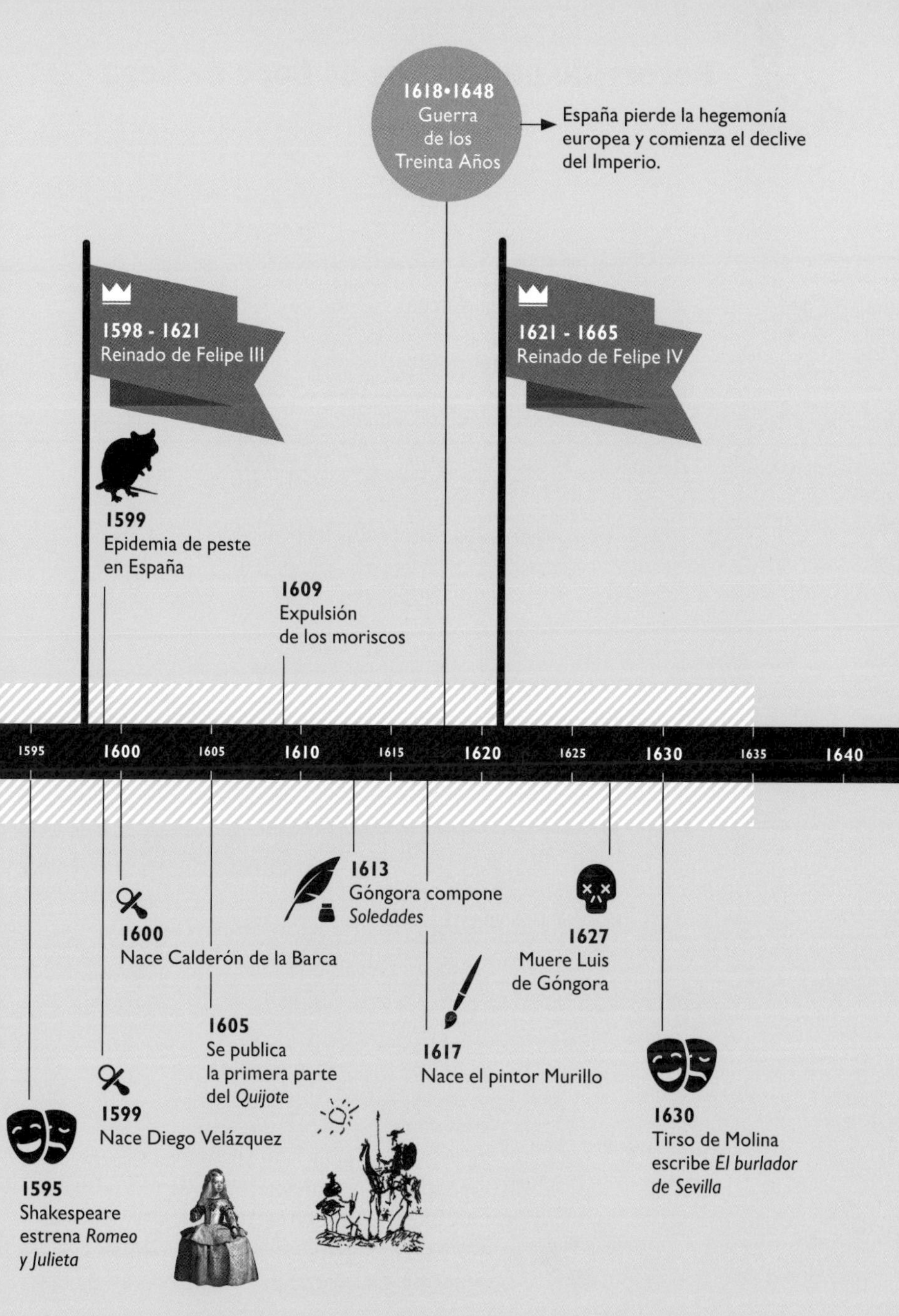
1618•1648
Guerra de los Treinta Años
España pierde la hegemonía europea y comienza el declive del Imperio.
1598 - 1621
Reinado de Felipe III
1621 - 1665
Reinado de Felipe IV
1599
Epidemia de peste en España
1609
Expulsión de los moriscos
1595
1600
1605
1610
1615
1620
1625
1630
1635
1640
1613
Góngora compone *Soledades*
1627
Muere Luis de Góngora
1600
Nace Calderón de la Barca
1605
Se publica la primera parte del *Quijote*
1617
Nace el pintor Murillo
1630
Tirso de Molina escribe *El burlador de Sevilla*
1599
Nace Diego Velázquez
1595
Shakespeare estrena *Romeo y Julieta*

Recorrido por la vida de Lope de Vega

Félix Lope de Vega Carpio
25 de noviembre de 1562, Madrid

Familia de origen plebeyo.

Su padre fue un bordador en la corte.

Se cuenta que antes de los 12 años ya escribía versos y comedias.

Lope estudió en la Universidad de Alcalá de Henares, pero sobre todo se formó gracias a las **bibliotecas** de los señores a los que servía.

Universidad de Alcalá de Henares (Madrid).

Donde hay amor no hay señor, que todo lo iguala el amor.

Su gran amor de juventud fue **Elena Osorio**, esposa de un comediante. Vivieron una relación muy intensa. Lope no escatimó elogios y poemas hacia ella, a quien da el nombre poético de Filis.

Divina Filis mía,
no basta lengua humana
para poder loarte por entero.
Tu gracia y gallardía,
tu vista soberana
y los serenos ojos por quien muero
dan fuerzas al grosero
estilo de mi pluma...

Poema recogido
en el *Romancero general* de 1604

La ruptura le afectó tanto que dedicó unos versos difamatorios a la familia de Elena. Por estos versos fue denunciado y **condenado al destierro** de la corte.

Antes de marchar a su destierro, raptó, con consentimiento de la dama, a **Isabel de Urbina**, la que fue su primera esposa.

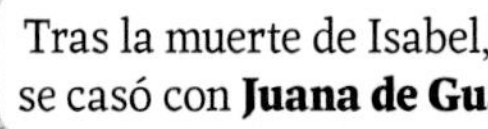

Tras la muerte de Isabel, en 1598, se casó con **Juana de Guardo**.

Fruto de sus matrimonios y de sus numerosas amantes, Lope fue padre de 17 hijos.

Diez de ellos murieron en edad temprana.

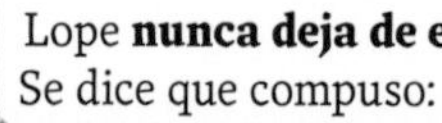

Lope **nunca deja de escribir**.
Se dice que compuso:

- *1800 comedias (se conservan 500)*
- *400 autos (hoy, 40)*
- *Unas 10 novelas*
- *Otras tantas obras en prosa*
- *Cientos de poemas*

Es uno de los escritores más prolíficos de la historia de nuestra literatura.

Cultiva todos los géneros: novela, épica, lírica... No obstante, la soltura que demuestra para escribir teatro no se repite en su poesía.

LAS
COMEDIAS DEL
FAMOSO POETA
LOPE DE VEGA,
CARPIO.
Recopiladas por Bernardo Grassa.

Año M.DCIIII.

En Çaragoça. Por Angelo Tauanno.

Portada del libro *Las comedias del famoso poeta Lope de Vega Carpio*, 1604.

Fue **tan popular en su época** que la gente lo paraba por la calle para felicitarlo y piropearlo.

Hoy día sería todo un escritor de masas.

Quien mira lo pasado, lo porvenir advierte.

Su éxito **no dejó indiferente a nadie**.
Como era habitual en su época dedicó poemas satíricos a otros escritores, como Quevedo, Góngora o Cervantes, con los que se enfrentaba.

Pero no todo eran críticas, también cabían elogios entre ellos.

Dicen que ha hecho Lopico
contra mí versos adversos,
mas si yo vuelvo mi pico
con el pico de mis versos
a ese Lopico lo-pico.

Góngora se burla de Lope

Canta, cisne andaluz, que el verde coro
del Tajo escucha tu divino acento,
si, ingrato, el Betis no responde atento
al aplauso que debe a tu decoro.

Elogio de Lope a Góngora

... y entró luego el monstruo de la naturaleza,
el gran Lope de Vega, y alzose con la monarquía cómica.

Elogio de Cervantes a Lope
en *Ocho comedias y ocho entremeses*

Hoy hacen amistad nueva
más por Baco que por Febo
don Francisco de Que-Bebo
don Félix Lope de Beba.

Góngora critica a Quevedo y Lope

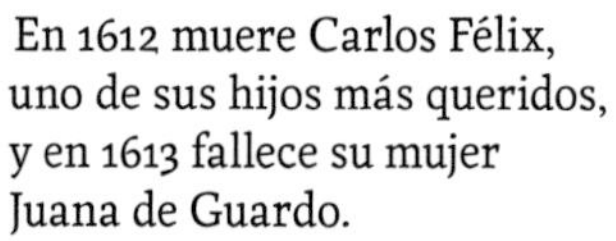

En 1612 muere Carlos Félix, uno de sus hijos más queridos, y en 1613 fallece su mujer Juana de Guardo.

Lope se sumerge en una soledad que le provoca una profunda crisis espiritual.

Como consecuencia de la crisis espiritual que atraviesa, se ordena **sacerdote** en 1614.

Aunque por tanta indignidad, cobarde,
el ánimo dispuse al sacerdocio,
porque este asilo me defienda y guarde.

Epístola al doctor Matías de Porras

En sus últimos años de vida, Lope todavía vivió una **pasión amorosa** intensa y enloquecedora que no se vio interrumpida a pesar de su condición de sacerdote.

Se enamoró de Marta de Nevares, a quien llamará Amarilis en sus poemas.

Al tiempo, su amada se quedó ciega y enloqueció. Lope volvió a caer en la **amargura**.

:(

Viviendo, todo falta; muriendo, todo sobra.

Fue el mayor homenaje a un poeta de su época.

Su entierro duró nueve días.

El 27 de agosto de **1635**,
Lope de Vega muere en Madrid.

IGNACIO SUÁREZ LLANOS, *Sor Marcela de San Félix viendo el entierro de su padre, Lope de Vega.* Museo del Prado, 1862.

Acercamiento a su obra

LOS TEATROS EN TIEMPOS DE LOPE

Desde el siglo XVI, las obras teatrales se representaban en los **corrales de comedias**.

Las funciones tenían lugar los domingos, y duraban desde las dos de la tarde hasta el anochecer. Ir al teatro era una fiesta.

Además de la obra principal, se incluían otras obras breves que se intercalaban entre los actos de la comedia.

La mayoría de los espectadores pertenecían a las clases populares, por lo que con frecuencia se producían alborotos, riñas o peleas que afectaban tanto a los asistentes como a los actores, si la obra o la representación no resultaban del agrado del público.

RASGOS DEL TEATRO CLÁSICO DE TRADICIÓN GRECOLATINA

- **División en cinco actos.**
- **Regla de las tres unidades:** toda obra debe respetar la unidad de acción (una sola trama), de espacio (un solo lugar escénico) y de tiempo (un solo día). Pretendía con ello ser verosímil.
- **Géneros:** se distinguía claramente entre **tragedia**, conflicto doloroso y grave con desenlace desgraciado, y **comedia**, conflicto alegre, humorístico, con desenlace feliz.
- **Personajes:** la tragedia estaba protagonizada por personajes **nobles**, de clase social elevada. En cambio, la comedia la protagonizaban personajes **comunes**, cercanos al pueblo.

Corral de Comedias de Almagro.

1. Balcones
2. Gradas
3. Escenario

RASGOS DE LA COMEDIA NUEVA

El modelo teatral que se seguía en la época era el del teatro clásico, pero Lope irrumpe en el panorama escénico y pasa a la historia como el creador de la **Comedia Nueva**, género que supuso un cambio importante en la manera de entender el teatro. Se la llamó «comedia nueva» para distinguirla de la obra teatral clásica.

En 1609 publica el *Arte nuevo de hacer comedias en este tiempo*, donde recoge los principales rasgos de su teatro. La finalidad era **agradar al público**, puesto que era este quien hacía posible la existencia del teatro. Así lo dice Lope:

Como las paga el vulgo, es justo hablarle en necio para darle gusto.

Las características principales de esta comedia son:

- **División en tres actos:** corresponden a la división clásica de planteamiento, nudo y desenlace.
- **Polimetría:** se combinan diferentes estrofas y versos para dar mayor musicalidad.
- **Ruptura de las tres unidades:** como la vida misma, las acciones requieren espacios y tiempos variados.
- **Tragicomedia:** en una misma obra se mezclan elementos trágicos y cómicos. Los temas son variados y muy amplios (historia, amor, mitos, religión, épica...).
- **Personajes tipo:** propios de la sociedad del XVII. Son modelos que se repiten, como el rey (representante de la justicia y el honor), el galán y la dama (jóvenes y bellos unidos por el amor, el honor o los celos), el gracioso (criado del galán, ingenioso, realista y sin ideales), el villano (campesino de la villa, honrado y recto) y el poderoso (noble injusto, antagonista).

Lope de Vega acertó con esta fórmula teatral, pues tuvo tal éxito que fue seguida por todos los autores a partir de entonces, y su vasta obra contribuyó en la creación del Siglo de Oro español.

Claves de *Fuenteovejuna*

ARGUMENTO

Fuenteovejuna es una de las obras teatrales más representativas de Lope de Vega. Aunque se escribió entre 1612 y 1614, y se publicó en 1619, está basada en un suceso ocurrido en 1476: la **rebelión de una villa contra los abusos de un gobernante**. No obstante, además de esta trama, se incluye otra que refleja un acontecimiento histórico: la **guerra de sucesión** tras la muerte de Enrique IV entre los partidarios de Juana la Beltraneja e Isabel (futura Isabel la Católica).

TEMAS

- **Justicia:** los Reyes Católicos son los representantes de la justicia y el buen gobierno y quienes otorgan la paz y el perdón a Fuenteovejuna, tras vengarse el pueblo de los agravios cometidos por el comendador Fernán Gómez.
- **Honor:** este sentimiento es el que mueve a la rebelión. Los villanos defienden su honor ante los abusos de poder y no dudan en enfrentarse a un noble poderoso para conservar su dignidad.

Está basada en un suceso real ocurrido en 1476.

- **Amor:** es uno de los temas secundarios. El amor entre el galán y la dama; en este caso, dos jóvenes labradores que se enfrentarán al enemigo que quiere deshonrarlos.
- **Armonía de la vida campesina:** es otro de los temas secundarios. En la obra se elogia la vida tranquila y pacífica del campo frente al trasiego y las preocupaciones de la corte.

FINALIDAD

Fuenteovejuna admite **dos lecturas**, de acuerdo a su intención: una que destaca la **labor heroica del pueblo** en la lucha contra las injusticias que cometen los poderosos contra los débiles, y otra política, que reafirma y refuerza la figura de la **monarquía como modelo de gobierno justo**. El buen monarca debe ser como son los reyes en esta comedia: justos y decididos.

PERSONAJES PRINCIPALES

Según su origen social, se pueden clasificar en dos grupos: nobles y villanos.

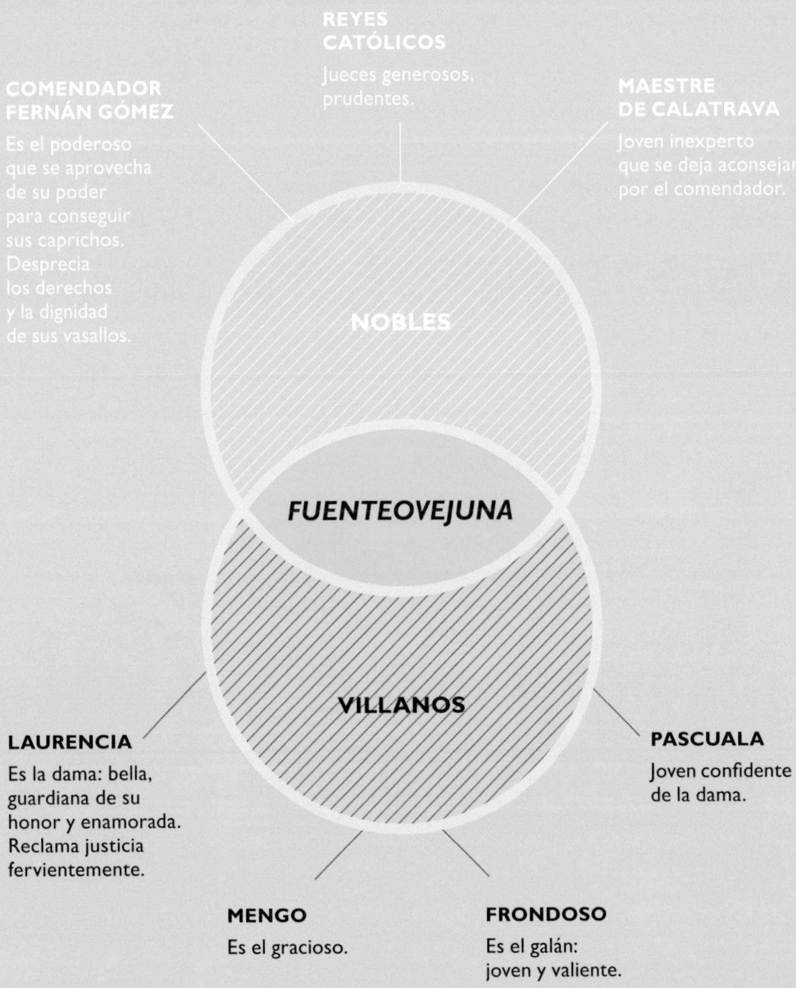

De Lope de Vega a nuestros días

En casa de Lope

Descubre dónde vivió Lope durante los últimos 25 años de su vida. En la **Casa Museo de Lope de Vega**, situada en el barrio de las Letras de Madrid, podrás apreciar el estilo de vida de un poeta de éxito del Siglo de Oro.

Nos vamos al corral

Para ponerte en la piel de un espectador de teatro del siglo XVII, nada mejor que visitar el **Corral de Comedias de Almagro**, uno de los mejor conservados de toda España.

Corral de Comedias de Almagro.

¡Película y palomitas!

Además de pasear por su casa y su barrio, también podemos adentrarnos en su juventud gracias a la película ***Lope***, donde se reflejan su vitalidad y su pasión.

Deja que el poeta te conquiste con su gallardía y elocuencia, y disfruta con este drama de la directora Andrucha Waddington.

Cartel de la película *Lope*, dirigida por Andrucha Waddington, 2010.

Fotograma de la película *También la lluvia*, 2010.

¡Todos a una!

Si lo que quieres es quedarte en casa y revivir el espíritu de *Fuenteovejuna*, pueblo que se rebela contra las injusticias, no dejes de ver ***También la lluvia***, una película de Icíar Bollaín sobre las protestas del pueblo boliviano para reclamar su derecho al agua.

Justicia

Una buena lectura puede ser ***Yo soy Malala***, ejemplo de lucha por el derecho de la mujer a la educación. Malala, al igual que Laurencia en *Fuenteovejuna*, reclama justicia.

Cubierta del libro *Yo soy Malala*, de Malala Yousafzai, Alianza Editorial, 2013.

Otros movimientos sociales

Fuenteovejuna es un ejemplo de lucha por la justicia y condena de los abusos de poder. A lo largo de la historia, otros muchos movimientos se han levantado con este mismo fin.

A mediados del siglo XX, por ejemplo, en Estados Unidos los ciudadanos lucharon por el **fin de la segregación racial** y la discriminación. Personajes como Martin Luther King o Rosa Parks, la mujer que se negó a ceder su asiento en el autobús a un hombre de raza blanca, fueron esenciales para vencer la injusticia.

Criterio de esta edición

Dado el carácter de la colección, hemos adaptado la obra original y modernizado la ortografía para una mejor comprensión, pero mantenemos el verso y la rima de esta obra cumbre de la literatura española. Conservamos a su vez la división en tres actos, característica de la Comedia Nueva de Lope, pero dividimos cada acto en cuadros para situar al lector con cada cambio de escenario.

Fuenteovejuna

Personajes

COMENDADOR Fernán Gómez de Guzmán, comendador mayor[1] de la Orden de Calatrava[2].

ORTUÑO Criado del comendador Fernán Gómez de Guzmán.

FLORES Criado del comendador Fernán Gómez de Guzmán.

MAESTRE Rodrigo Téllez Girón, maestre[3] de la Orden de Calatrava.

LAURENCIA Labradora, hija de Esteban.

PASCUALA Labradora, amiga de la anterior.

FRONDOSO Labrador.

BARRILDO Labrador.

MENGO Labrador.

ALONSO Alcalde de Fuenteovejuna.

ESTEBAN Alcalde de Fuenteovejuna, padre de Laurencia.

JUAN ROJO Labrador. Tío de Laurencia.

REY Don Fernando, rey de Aragón.

ISABEL Doña Isabel, reina de Castilla.

MANRIQUE Don Manrique, maestre de la Orden de Santiago[4].

[1] *comendador mayor: después del maestre, la más alta autoridad de la Orden.*

[2] *Orden de Calatrava: orden militar y religiosa fundada en el siglo XII en el reino de Castilla.*

[3] *maestre: autoridad suprema de la Orden. Era un cargo vitalicio y electivo.*

[4] *Orden de Santiago: orden religiosa y militar surgida en el siglo XII en el reino de León.*

REGIDOR 1º[5] Regidor de Ciudad Real.

REGIDOR 2º Regidor de Ciudad Real.

LEONELO Estudiante de Salamanca.

REGIDOR Cuadrado, regidor de Fuenteovejuna.

CIMBRANOS Soldado.

JACINTA Labradora.

JUEZ Pesquisidor.

UN MUCHACHO, ALGUNOS LABRADORES Y LABRADORAS Y MÚSICOS

Época en que se desarrolla la acción: año 1476.

[5] *regidor: persona responsable en una villa, parecido a un concejal.*

Acto primero

CUADRO I

La acción se desarrolla en Villa de Almagro, en un salón del palacio de Rodrigo Téllez Girón, maestre de Calatrava.

(Entran el Comendador, Fernán Gómez de Guzmán, y sus criados Flores y Ortuño.)

Comendador: ¿Sabe el maestre que estoy
en su villa?

Desde el principio se presenta al comendador como un hombre arrogante, en contraposición al maestre de Calatrava.

Flores: Ya lo sabe.

Ortuño: Aún no está aquí. Llega tarde.

Comendador: ¿Y sabe también que soy
Fernán Gómez de Guzmán?

Flores: Es muy joven, no te asombre.

Comendador: Por si no sabe mi nombre,
decidle el rango que me dan
de comendador mayor.

ORTUÑO: No falta quien le aconseje
que de ser cortés se aleje.

COMENDADOR: Conquistará poco amor.
La cortesía es un don
para obtener amistad.
Conseguirá enemistad
si no le presta atención.

ORTUÑO: Si supiese un descortés
cómo lo aborrecen todos,
procuraría de mil modos
mostrárseles más cortés.

FLORES: ¡Qué cansado es esperar!
¡Qué áspero y qué importuno!
¿Habéis conocido alguno
tan necio e impuntual?
Parece una bufonada,
el muchacho aún no ha llegado.
La cortesía ha olvidado.

COMENDADOR: La obligación de la espada
que se ciñó, el mismo día
que la cruz de Calatrava[1]
le cubrió el pecho, bastaba
para aprender cortesía.

[1] *cruz de Calatrava: la Orden de Calatrava tenía como emblema una cruz griega que, a partir del siglo XV, fue roja.*

FLORES: Si esto es lo que piensas de él,
pronto le conocerás.

ORTUÑO: Vuélvete, si en duda estás.

COMENDADOR: Sí, le quiero conocer.

(Entran el M*aestre de Calatrava y acompañamiento.)*

Maestre: Perdonad, por vida mía,
Fernán Gómez de Guzmán;
pues, hasta ahora, no me dan
de que estáis aquí noticia.

Comendador: Tenía queja de vos,
que el amor y la crianza
me daban más confianza,
por quiénes somos los dos:
vos maestre en Calatrava,
yo vuestro comendador
y muy vuestro servidor.

Maestre: El rey Fernando no estaba
seguro de que vendríais.
Un abrazo os quiero dar.

Comendador: Mejor me debéis honrar,
pues sin mí aquí no estaríais.
Por vos he dado la cara
para suplir vuestra edad.
¿No os acordáis?

Maestre: Es verdad.
Y por las señales santas
que a los dos cruzan el pecho,
que os lo pago en estimaros,
y como a mi padre honraros.

Comendador: De vos estoy satisfecho.

Maestre: ¿Qué hay de guerra por allá?

COMENDADOR: Estad atento, y sabréis
la obligación que tenéis.

MAESTRE: Decid que ya lo estoy, ya.

El comendador hace referencia al conflicto que se originó tras la muerte de Enrique IV en 1476. Una parte de la nobleza apoyaba a la hija del monarca, Juana la Beltraneja, como sucesora, mientras que otro sector proclamaba reina a Isabel (la Católica), hermana del rey Enrique IV.

COMENDADOR: Gran maestre don Rodrigo
Téllez, que a lugar tan alto
llegasteis casi de niño
al tomar el maestrazgo
por muerte de vuestro padre.
El gran maestre de Santiago,
el regente Juan Pacheco,
a quien tuvisteis al lado
para aprender sus consejos,
ya está muerto y os ha dado
el gobierno solo a vos.
Por eso estáis obligado
por cortesía y valor,
y también por vuestros años,
a oír al comendador
y cumplir en este caso
con la vuestra obligación.
Porque muerto Enrique Cuarto,
dividida la nobleza
entre aquellos partidarios
de Juana, la Beltraneja[2],
y de Isabel los vasallos,
abierta está la contienda.
Y así vengo a aconsejaros
que juntéis los caballeros
de Calatrava en Almagro,
y a Ciudad Real toméis.

[2] *Juana la Beltraneja: llamada así porque se creía que era hija del favorito del rey, Beltrán de la Cueva.*

MAESTRE: ¿Os tengo a vos a mi lado?
¿Cuánta gente es menester[3]?

[3] *es menester: se necesita.*

COMENDADOR: Pocos tienen por soldados.
Solamente sus vecinos
y algunos pocos hidalgos
que defienden a Isabel
y llaman Rey a Fernando.
Taparéis así la boca
a quienes de vez en cuando
murmuran que, por ser joven,
sois un cobarde y un blando;
y que os pesa más la cruz
que lleváis con vuestro cargo,
que la cruz roja en el pecho,
símbolo del maestrazgo.
¡Sacad esa blanca espada,
que habéis de hacer, peleando,
tan roja como la cruz
para que pueda llamaros
maestre de la cruz roja!

En esta dilogía se emplea el término «cruz» con dos significados diferentes: como sacrificio y como emblema de la Orden.

MAESTRE: Don Fernán, tenéis razón
y vos estáis en lo cierto.
Con vos, pues, ya me concierto,
me sumo a vuestra facción[4].
Sacaré la blanca espada,
para que quede su luz
de la color de la cruz,
de roja sangre bañada.
Vos, ¿adónde residís?
¿Tenéis algunos soldados?

[4] *facción: bando.*

COMENDADOR: Pocos, pero mis criados;
que si de ellos os servís,
pelearán como leones.
Ya veis que en Fuenteovejuna
hay gente humilde, y alguna
no enseñada en escuadrones,
sino en campos y labranzas.

MAESTRE: ¿Allí residís?

COMENDADOR: Allí
de mi encomienda[5] escogí
una casa de moranza[6].
Vuestra gente se registre;
que no quedará vasallo.

[5] *encomienda: lugar, territorio y rentas que pertenecen al comendador de una orden.*

[6] *moranza: residencia, estancia.*

MAESTRE: Hoy me veréis a caballo,
poner la lanza en el ristre.

CUADRO II

La acción se desarrolla en la plaza del pueblo, frente a la Casa de la Encomienda.

(Entran en escena PASCUALA y LAURENCIA.)

LAURENCIA: ¡Así ya nunca volviera!

PASCUALA: Pues, la verdad, yo pensé
que, cuando te lo conté,
más pesadumbre te diera.

LAURENCIA: ¡Valga al cielo, que jamás
le vea en Fuenteovejuna!

El pueblo de Fuenteovejuna no estaba sometido a la monarquía, sino a la Orden de Calatrava.

PASCUALA: Yo, Laurencia, he visto alguna,
más brava que tú quizás,
que no ha podido evitar
rendirse al requerimiento
de entregarse en alma y cuerpo
al comendador Guzmán.

LAURENCIA: Hay mozas en esta villa
con corazón de manteca[7].
Yo soy como encina seca
que no me atañe la insidia.

[7] *con corazón de manteca: muy blandas, débiles.*

PASCUALA: ¡Anda ya! Que nadie diga:
de esta agua no beberé.

LAURENCIA: ¡Voto al sol que lo diré,
aunque todos me desdigan!
¿Que me case yo con él?
Sus palabras son del viento,
y una boda un loco intento;
para mí una insensatez.
¿Cuántas mozas en la villa,
de Fernán Gómez confiadas,
andan ya descalabradas?

PASCUALA: Pues será una maravilla[8]
que te escapes de su mano.

[8] *una maravilla: algo extraordinario.*

LAURENCIA: Conmigo se hace el cortés,
y me persigue hace un mes.
Pero, Pascuala, es en vano:
indiferente me quedo
con tantas adulaciones.
Como dice el refrán: corre

ligero, un cojo con miedo.
Mandó a Flores, su alcahuete,
y a Ortuño, aquel socarrón,
portándome el corazón
de sus deseos ardientes.
Mas para mí no es provecho[9].

[9] *mas para mí no es provecho: yo no obtengo beneficio.*

PASCUALA: ¿Dónde te hablaron?

LAURENCIA: Allá
en el arroyo, y hará
seis días.

PASCUALA: Y yo sospecho
que te engañarán, Laurencia.

LAURENCIA: Podrán engañar al cura,
pero yo tengo conciencia
que un requiebro de esa altura
para mí no es conveniencia.
Dijéronme tantas cosas
de Fernando, su señor,
que me pusieron temor;
mas no serán poderosas,
pues yo soy moza de campo;
no saca él ningún provecho.

PASCUALA: Laurencia, ¡ándate con tiento!

Laurencia hace un elogio de la vida sencilla del campo.

LAURENCIA: Simple es mi vida y mis actos.
Con el sol yo me levanto
a eso de la madrugada,
enciendo el fuego en la casa,
la rosca del pan amaso.

Como un poco de jamón
y de pan, un gran pedazo,
y hurto a mi madre dos vasos
de vino del botijón;
y al llegar al mediodía
veo vacas entre coles,
haciendo mil caracoles
con espumosa armonía;
y si acaso, en el camino,
el hambre me causa pena,
pues caso una berenjena
con otro tanto tocino;
y después un pasatarde[10],
mientras la cena se aliña,
de una cuerda de mi viña,
que Dios de pedrisco[11] guarde;
y cenar un salpicón
con su aceite y su pimienta,
e irme a la cama contenta,
y rezar con devoción.
¿Tú ves al comendador,
Pascuala, con esta vida
—que la llevo harto sencilla—
darme porfía y amor?
Me querría para un tiempo
como ha hecho con otras mozas
dejando su honor maltrecho
mientras con otra retoza.

[10] *pasatarde: tentempié.*

[11] *pedrisco: granizo.*

Laurencia da a entender que el comendador tiene por costumbre burlar a las mujeres de la villa.

PASCUALA: Tienes, Laurencia, razón;
que en dejando de querer
a la que amaron ayer,

ingratos los hombres son,
y ligeros cual gorrión:
cuando nos han menester
somos su vida, su ser,
su alma, su corazón;
pero pasadas las ascuas,
dejamos de ser mujeres
honradas. Y, mancilladas,
ya pasamos a ser maulas[12].

[12] *maulas: despojos, cosas despreciables, de poco valor.*

LAURENCIA: No te fíes de ninguno.

PASCUALA: Lo mismo digo, Laurencia.

(Entran en escena MENGO, BARRILDO y FRONDOSO.)

FRONDOSO: ¡He ahí la diferencia!
Barrildo, eres importuno.

BARRILDO: A lo menos aquí está
quien nos dirá si eso es cierto.

MENGO: Pues pongámonos de acuerdo
antes que lleguéis allá.
Yo opino que a mí
me deis cada uno una prenda.
A ver quién gana la apuesta.

BARRILDO: Desde aquí digo que sí.
Mas si pierdes, ¿qué darás?

MENGO: Daré mi rabel[13] de boj,
que vale más que una troj[14],
porque yo le estimo en más.

BARRILDO: Bien, de acuerdo.

[13] *rabel: pequeño instrumento de cuerda, habitual entre los pastores.*

[14] *troj: espacio limitado por tabiques para guardar frutos, especialmente cereales.*

FRONDOSO: Pues lleguemos.
Dios os guarde, hermosas damas.

LAURENCIA: ¿Damas, Frondoso, nos llamas?

FRONDOSO: Ir a la moda queremos.
Al llamaros así imito
con caballerosidad
el hablar de la ciudad;
no es proceder fortuito.

LAURENCIA: Allá, en la ciudad, Frondoso,
llámase por cortesía
de esa suerte; y a fe mía,
que hay otro más riguroso
y peor vocabulario
en las lenguas descorteses,
pues según quién lo dijese,
semblaría[15] lo contrario.
Mas... ¿qué apuesta os ha traído
si no es que mal lo entendí?

[15] *semblaría: parecería.*

FRONDOSO: Oye, por tu vida.

LAURENCIA: Di.

FRONDOSO: Préstame, Laurencia, oído.

LAURENCIA: ¿Cómo prestado? Y aun dado,
pues desde ahora os doy el mío.

FRONDOSO: En tu discreción confío.

LAURENCIA: ¿Qué es lo que habéis apostado?

FRONDOSO: Yo y Barrildo contra Mengo.

LAURENCIA: ¿Qué dice Mengo?

BARRILDO: Una cosa
que, siendo cierta y forzosa,
la niega.

MENGO: A negarla vengo
porque yo sé que es verdad.

LAURENCIA: ¿Qué dice?

BARRILDO: Que no hay amor.

En esta conversación, los labradores reflexionan sobre su idea del amor. No es un diálogo habitual entre los villanos.

LAURENCIA: Generalmente, es rigor.

BARRILDO: Es rigor y es necedad.
Sin amor, no se pudiera
ni aun el mundo conservar.

MENGO: Yo no sé filosofar;
leer, ¡ojalá supiera!
Pero si los elementos
en discordia eterna viven,
y de los mismos reciben
nuestros cuerpos alimentos,
cólera y melancolía,
flema y sangre, claro está.

BARRILDO: El mundo de acá y de allá,
Mengo, todo es armonía.
Armonía es puro amor,
porque el amor es concierto.

MENGO: Del natural, os advierto
que yo no niego el valor.
Amor hay, y el que entre sí

gobierna todas las cosas,
correspondencias forzosas
de cuanto se mira aquí;
y yo jamás he negado
que cada cual tiene amor
correspondiente a su humor,
que le conserva en su estado.

PASCUALA: Pues déjate de patrañas.
Lo que dices es cabal
porque es amor natural.
Luego ¿por qué nos engañas?

MENGO: Porque nadie tiene amor
más que a su misma persona.

Mengo se refiere al amor propio, hacia uno mismo, el amor egoísta.

PASCUALA: Tú mientes, Mengo, y perdona;
pues estás en un error
al afirmar que no existe
ningún amor que no sea
el que uno mismo desea
para sí mismo. ¡Qué triste!
¿No puede un hombre o mujer
ser amado o ser amada?

MENGO: A eso se llama, Pascuala,
amor propio, y no querer.
¿Qué es amor?

LAURENCIA: Es un deseo
de hermosura.

MENGO: Esa hermosura
¿por qué el amor la procura?

LAURENCIA: Para gozarla.

MENGO: Eso creo.
Pues ese gusto que intenta,
¿no es para él mismo?

LAURENCIA: Es así.

MENGO: Luego ¿por quererse a sí
busca el bien que le contenta?

LAURENCIA: Es verdad.

MENGO: Pues de ese modo
no hay amor, sino el que digo,
que por mi gusto le sigo,
y quiero dármele en todo.

BARRILDO: Dijo el cura del lugar
cierto día en el sermón
que había cierto Platón[16]
que nos enseñaba a amar;
que este amaba solo el alma
y la virtud de lo amado.

[16] *Platón: filósofo griego del siglo V a.C.*

El amor platónico es un amor idealizado, sin relación sexual.

PASCUALA: En materia habéis entrado,
que estudian con toda calma
sabios con discernimiento
en escuelas y academias.

LAURENCIA: Dices, Mengo, cosas necias
sin tener conocimiento.
Da gracias, Mengo, a los cielos,
que te hicieron sin amor.

MENGO: ¿Amas tú?

LAURENCIA: Mi propio honor.

FRONDOSO: Dios te castigue con celos.

BARRILDO: ¿Quién gana?

PASCUALA: Con la cuestión
podéis ir al sacristán,
porque él o el cura os darán
quizás una solución.
¿Y la apuesta queda en nada?
No se pronuncia Laurencia,
yo tengo poca experiencia.
¿Cómo sabremos quién gana?

(Llega FLORES.)

FLORES: Dios guarde a la buena gente.

LAURENCIA: Mirad, ¡la voz de su amo!

PASCUALA: ¿De dónde viene el criado
del comendador?

LAURENCIA: ¿Del frente?

FLORES: ¿No me veis a lo soldado?

LAURENCIA: ¿Viene don Fernando acá?

FLORES: La guerra se acaba ya,
aunque nos haya costado
alguna sangre y amigos.

FRONDOSO: Contadnos cómo pasó.

FLORES: ¿Quién lo dirá como yo,
siendo mis ojos testigos?

Frondoso maldice a Laurencia porque está enamorado de ella y ella solo ama su honor.

Para emprender la jornada
de esta ciudad, que ya tiene
nombre de Ciudad Real,
juntó el gallardo maestre
dos mil lucidos infantes
de sus vasallos valientes
y trescientos de a caballo
de seglares y de frailes;
porque la cruz roja obliga
cuantos al pecho la tienen,
aunque sean de orden sacro;
contra los moros, se entiende.
Un corcel de negras patas
lleva en su lomo a un jinete:
Fernán Gómez de Guzmán,
vuestro señor, que está al frente.
Con una turca armadura,
peto y espaldar luciente,
con naranjada casaca
que de oro y perlas guarnece[17].
El yelmo que coronado
con blancas plumas, parece
casi la flor del naranjo
de los azahares que vierte.
Ceñida al brazo una cinta
roja y blanca, con que mueve
un fresno[18] entero por lanza,
que hasta en Granada le temen.
La ciudad se puso en arma;
dicen que salir no quieren
de la corona real,
y el patrimonio defienden.

[17] *guarnece: adorna.*

[18] *fresno: árbol de tronco grueso.*

Se resistió con tesón,
y el maestre a los rebeldes
y a los que entonces trataron
su honor injuriosamente,
mandó cortar las cabezas,
y a los de la baja plebe,
con mordazas en la boca,
azotar públicamente.
Tal como os cuento, el maestre,
con la ayuda de las tropas
del comendador al frente,
conquista Ciudad Real.
Le han hecho grandes mercedes[19].
¡Mas ya la música suena!
Recibidle alegremente
que, para el triunfo, los cantos
son los mejores laureles.

[19] *mercedes: agradecimientos, honores.*

(Entran en el escenario el COMENDADOR *y su criado* ORTUÑO*; los* MÚSICOS*;* JUAN ROJO*, y* ESTEBAN *y* ALONSO*, alcaldes de Fuenteovejuna.)*

MÚSICOS Y TODOS *(cantando):*

El comendador,
ese gentilhombre[20]*,*
sea bien venido
de matar los hombres.
¡Vivan los Guzmanes!
¡Vivan los Girones!
Si en las paces blando,
dulce en las razones,
venciendo moriscos
fuerte como un roble.

El pueblo de Fuenteovejuna recibe contento a su señor y celebra con él los méritos de la batalla.

[20] *gentilhombre: hombre de origen noble.*

De Ciudad Real
vienen vencedores
que a Fuenteovejuna
ya traen sus pendones[21].
¡Viva muchos años,
viva Fernán Gómez!

[21] *pendones: insignias militares.*

COMENDADOR: Villa, yo os agradezco justamente
el amor que me habéis aquí mostrado.

ALONSO: Aún no muestra una parte del que siente.
Pero ¿qué mucho que seáis amado,
mereciéndolo vos?

El alcalde agradece con obsequios la victoria del comendador. Lo recompensa cuando lo merece.

ESTEBAN: Fuenteovejuna
y el municipio que hoy habéis honrado,
que recibáis os ruega e importuna
un pequeño regalo, que esos carros
traen, señor, no sin vergüenza alguna,
de voluntades y árboles gallardos
más que de ricos dones. Lo primero
dos cestas de vasijas y de vasos;
de gansos viene un ganadillo entero,
que sacan por las redes las cabezas
para cantar vuestro valor guerrero.
Doce puercos en sal, valientes piezas,
sin otras menudencias y cecinas;
y, más que guantes de ámbar, sus cortezas.
Cien pares de capones y gallinas,
que han dejado viudos a sus gallos
en las aldeas que miráis vecinas.
Acá no tienen armas ni caballos
ni los arreos bordados de oro puro,

si no es oro el amor de los vasallos.
Y ya que digo puro, os aseguro
que unas catorce piezas van de cuero
de calidad; podéis guardar un muro,
con él protegeréis vuestros guerreros
de las peleas y armas aceradas.
Tinajas hay de vino hasta el exceso.
De quesos y otras cosas no excusadas
no quiero daros cuenta. Y hemos hecho
de corazón, regalo de estas viandas.
Y a vos y a vuestra casa, ¡buen provecho!

COMENDADOR: Estoy muy agradecido.
Id, regimiento, en buena hora.

ALONSO: Descansad, señor, ahora,
y seáis muy bien venido
a esta nuestra humilde villa.

COMENDADOR: Así lo creo, señores.
Id con Dios.

ESTEBAN: Ea, cantores,
vaya otra vez la letrilla.

MÚSICOS Y TODOS *(cantando)*:

El comendador,
ese gentilhombre,
sea bien venido
de matar los hombres.
¡Vivan los Guzmanes!
¡Vivan los Girones!
Si en las paces blando,
dulce en las razones,

venciendo moriscos
fuerte como un roble.
De Ciudad Real
vienen vencedores
que a Fuenteovejuna
ya traen sus pendones.
¡Viva muchos años,
viva Fernán Gómez!

(Se va el cortejo. El COMENDADOR detiene a LAURENCIA y a PASCUALA.)

COMENDADOR: Esperad vosotras dos.

LAURENCIA: ¿Qué manda su señoría?

COMENDADOR: Desdenes el otro día,
¡desprecios a mí, por Dios!

LAURENCIA: ¿Habla contigo, Pascuala?

PASCUALA: Conmigo no. ¡Mete broma!

El comendador trata a las villanas como si fueran de su propiedad.

COMENDADOR: Con vos hablo, fiera hermosa,
y con esa otra zagala.
¿Mías no sois?

PASCUALA: Sí, señor;
mas no para casos tales.

COMENDADOR: Entrad, pasad los umbrales;
hombres hay, no hayáis temor.

LAURENCIA: Si los alcaldes entraran
(que de uno soy hija yo),
entraría, mas si no...

COMENDADOR: Flores...

FLORES: Señor...

COMENDADOR: ¿Qué reparan
en no hacer lo que les digo?

FLORES: Entrad, pues.

LAURENCIA: No nos agarre.

FLORES: Entrad; que sois necias.

PASCUALA: Arre,
que echaréis luego el pestillo.

FLORES: Entrad, que os quiere enseñar
lo que trajo de la guerra.

COMENDADOR *(aparte a Ortuño)*:
Si entraren, Ortuño, cierra.

(Se va el COMENDADOR.)

En este fragmento quedan claras las intenciones del comendador con respecto a Laurencia.

CUADRO III

La acción se traslada ahora a los aposentos de los Reyes Católicos, en Medina del Campo[22]*.*

(En escena, el REY don Fernando y la reina doña ISABEL.)

ISABEL: Digo, señor, que conviene
el no haber descuido en esto,
por ver a Alfonso en tal puesto,
y su ejército previene.

[22] *Medina del Campo: villa de Valladolid.*

Mejor tomar precauciones
antes de que el daño veamos;
que si no lo remediamos,
tendremos complicaciones.

REY: De Aragón y de Navarra
está el socorro seguro;
y con Castilla procuro
tenerla bien custodiada,
de modo que prevención
es lo que ver se debiera.

ISABEL: Pues vuestra majestad crea
que esa es buena solución.

(Entran el consejero e informador don MANRIQUE y acompañamiento.)

MANRIQUE: Esperando vuestra audiencia
dos regidores están
de Ciudad Real: ¿entrarán?

REY: Que vengan a mi presencia.

(A una señal de MANRIQUE, entran los dos REGIDORES de Ciudad Real.)

REGIDOR 1º: Católico rey Fernando,
a quien ha enviado el cielo,
desde Aragón a Castilla,
para bien y amparo nuestro:
en nombre de Ciudad Real
a vuestro valor supremo
humildes nos presentamos,
real amparo pidiendo.

Regidor 2º: El famoso don Rodrigo
Téllez Girón, cuyo esfuerzo
es en valor extremado,
aunque es en la edad tan tierno,
maestre de Calatrava,
él, ensanchar pretendiendo
el honor de la encomienda,
nos puso apretado cerco.

Los regidores elogian al maestre de Calatrava y lo excusan, responsabilizando únicamente al comendador de la derrota de las tropas reales.

Regidor 1º: Con valor nos prevenimos
a su fuerza resistiendo,
tanto que arroyos corrían
de la sangre de los muertos.
Tomó posesión, en fin,
pero no llegara a hacerlo,
a no le dar Fernán Gómez
orden, ayuda y consejo.

El maestre obra por orden del comendador, no por su propia voluntad.

Regidor 2º: Él queda en la posesión,
y sus vasallos seremos,
suyos, a nuestro pesar,
a no remediarlo presto.
Ciudad Real está tomada
por desgracia de los nuestros.

Rey: ¿Dónde está ahora Fernán Gómez?

Regidor 1º: En Fuenteovejuna creo,
por ser su villa, y tener
en ella casa y asiento.

Regidor 2º: Si permitís, majestad,
creo que decir podemos

que bajo su orden están
sus súbditos descontentos.

REY: ¿Tenéis algún capitán?

REGIDOR 2º: Señor, estamos de duelo,
pues no escapó ningún noble
de preso, herido o de muerto.

REY: Este conflicto requiere
mi intervención de inmediato,
que es dar al contrario osado
el mismo valor que adquiere.

ISABEL: Pues podría Portugal,
hallando puerta segura,
entrar por Extremadura
y causarnos mucho mal.

REY: Don Manrique, partid luego,
os daré dos compañías.
No os andéis con niñerías,
no les deis ningún sosiego.
Este es el medio mejor
que la ocasión nos ofrece.

MANRIQUE: El acuerdo me parece
acertado y de valor.
Pondré límite a su exceso,
si el vivir en mí no cesa.

ISABEL: Partiendo vos a la empresa,
seguro está el buen suceso.

(Se van MANRIQUE y los REGIDORES.)

CUADRO IV

La acción se traslada de nuevo a Fuenteovejuna, en un campo de la villa.

(En escena se encuentran LAURENCIA *y* FRONDOSO*.)*

LAURENCIA: A medio lavar la ropa,
quise, atrevido Frondoso,
para ahorrar habladurías,
desviarme del arroyo;
y, por si no lo sabías,
murmura ya el pueblo todo
que me miras y te miro,
y no nos quitan el ojo
de encima. Tú eres zagal
de los que huellan[23], brioso,
superas a los demás,
vistes apuesto y costoso.
En todo el lugar no hay moza,
o mozo en el prado o soto,
que no se afirme diciendo
que somos uno para otro.
Y tal imaginación
me ha llegado a dar enojo.

[23] *huellan: pisan dejando señal de lo pisado.*

FRONDOSO: Tal me tienen tus desdenes[24],
bella Laurencia, que pongo
en el peligro de verte,
la vida, cuando te oigo.
Si sabes que es mi intención
el desear ser tu esposo,
mal premio das a mi amor.

[24] *desdenes: negativas, desprecios.*

Laurencia se muestra digna e indiferente ante la declaración amorosa de Frondoso.

LAURENCIA: Es que yo no sé dar otro.

FRONDOSO: ¿Es posible que no veas
cómo te sigo de ansioso
que, pensando en tu persona,
ni bebo, duermo ni como?
¿Y por qué hay tanta dureza
en ese angélico rostro?
¡Viven los cielos que rabio!

LAURENCIA: Pues relájate, Frondoso.

FRONDOSO: Yo te pido que lo pienses:
quiero que seamos esposos
y así acaben chismorreos
y decires maliciosos
después de darnos la Iglesia...

LAURENCIA: Dilo a mi tío Juan Rojo
que, aunque sabe que no te amo,
me dice que por esposo
nadie en la villa es mejor
que uno llamado Frondoso.

FRONDOSO: ¡Ay de mí! El señor es este.

LAURENCIA: Tirando viene a algún corzo.
¡Escóndete entre esas ramas!

FRONDOSO: ¡Y con qué celos me escondo!

(Llega el COMENDADOR, ballesta en mano.)

Es continua la comparación que hace el comendador entre Laurencia y una presa de caza.

COMENDADOR: ¡Qué gran suerte ir persiguiendo
a un corcillo temeroso,
y dar con tan bella gama!

LAURENCIA: Aquí descansaba un poco
de haber lavado unos paños;
y así, al arroyo me torno,
si deja su señoría.

COMENDADOR: ¿Otra vez desdenes toscos?
Me ofendes, bella Laurencia.
Por bello que sea tu rostro
—el cielo te dio tal suerte—,
te comportas como un monstruo.
Mas si otras veces pudiste
huir mi ruego amoroso,
ahora estamos en el campo
sin nadie, nosotros solos.
Que tú sola no has de ser
tan soberbia que tu rostro
despreciando a tu señor,
teniéndome a mí en tan poco.
¿No se rindió Sebastiana,
mujer de Pedro Redondo,
siendo ella mujer casada,
y la de Martín del Pozo,
habiendo apenas pasado
dos días del desposorio?

El comendador da cuenta de sus logros amorosos y recuerda a Laurencia su poder.

LAURENCIA: Esas, señor, ya tenían,
de haber andado con otros,
el camino de agradaros,
porque también muchos mozos
merecieron sus favores.
Id con Dios, tras vuestro corzo;
que si no os viera la cruz,

os tuviera por demonio,
pues tanto me perseguís.

COMENDADOR: ¡Qué estilo tan insidioso!
Verás de qué soy capaz.
La ballesta en tierra pongo,
que no necesito ahora,
porque me basto y me sobro.
Será con mis propias manos
que acabaré este bochorno,
someteré tus remilgos[25]
tan necios, tan decorosos.

[25] *remilgos: delicadezas exageradas.*

LAURENCIA: Señor. ¡Soltadme! ¿Qué hacéis?
¡Dios! ¿Os habéis vuelto loco?

(Forcejean. Sale FRONDOSO y recoge la ballesta del suelo.)

COMENDADOR: Vas a ser mía, Laurencia.
¡No te defiendas!

FRONDOSO (*aparte*): Si tomo
la ballesta, ¡vive el cielo
que no la pongo en el hombro!

COMENDADOR: ¡Acaba, ríndete!

LAURENCIA: ¡Cielos,
ayudadme ahora!

COMENDADOR: Solos
estamos; no tengas miedo.

FRONDOSO: Comendador codicioso,
¡dejad la moza! O creed

que de mi agravio y enojo
será blanco vuestro pecho,
aun viendo esa cruz mis ojos.

COMENDADOR: ¡Perro, villano!...

FRONDOSO: No hay perro.
¡Huye, Laurencia!

LAURENCIA: Frondoso,
¡cuida lo que haces!

FRONDOSO: ¡Vete!

(LAURENCIA se va corriendo.)

COMENDADOR: ¿Quién se atreve? ¡Hombre loco!
¿Un villano amenazándome?
Puedes estar temeroso:
a mí no me quita nadie
ni las gamas ni los corzos
cuando voy de cacería.

El comendador sigue empleando el léxico de caza para sus conquistas.

FRONDOSO: Pues, pardiez, señor, si toco
la ballesta os mataré.

COMENDADOR: ¡Detente, infame alevoso!
¡Falso, suelta la ballesta,
suéltala, villano!

FRONDOSO: ¿Cómo?
Me quitaríais la vida.
Y advertid que amor es sordo,
y que no escucha palabras
el día que está en su trono.

COMENDADOR: Pues ¿la espalda ha de volver
un hombre tan valeroso
a un villano? Ya dispara,
y ten cautela, que rompo
las leyes de caballero.

FRONDOSO: Eso no. Yo me conformo
con mi estado, y para mí
guardar la vida es forzoso,
con la ballesta me voy.

(Se va FRONDOSO.)

COMENDADOR: ¡Peligro extraño y notorio!
Mas yo tomaré venganza
del agravio y del estorbo.
¡Que esto no quedará así!
¡Vive el cielo, qué sofoco!
¡Nadie se burla de mí!

¿Qué dos conflictos se han planteado en este acto? Uno tiene relación con los Reyes Católicos y otro con el pueblo de Fuenteovejuna.

Relaciona cada personaje con un adjetivo que lo caracterice:

Comendador •	• firme
Laurencia •	• inexperto
Frondoso •	• soberbio
Maestre de Calatrava •	• valiente

Acto segundo

CUADRO I

La acción de desarrolla en la plaza de Fuenteovejuna.

(Están en escena ESTEBAN*, el alcalde, y Cuadrado,* REGIDOR *de Fuenteovejuna.)*

ESTEBAN: Se acaban reservas, según parece,
que no se saque trigo del acopio[1].
El año apunta mal, y el tiempo crece,
y es mejor que el sustento esté en depósito,
aunque lo contradicen más de trece.

REGIDOR: Yo siempre he sido, al fin, de este propósito,
en gobernar en paz esta república.

ESTEBAN: Hagamos de ello a Fernán Gómez súplica.
No se puede sufrir que estos astrólogos
en las cosas futuras ignorantes
nos quieran persuadir con largos prólogos
de sus augurios, cuando son farsantes
que, presumiendo de sabelotodos

[1] *acopio: provisiones.*

y creyéndose ser muy importantes,
clima predigan unos meses antes.
¿Parecen sabios? Pues ¡son ignorantes!
¿Tienen ellos las nubes en su casa
y el proceder de las celestes luces?
¿Por dónde ven lo que en el cielo pasa,
para darnos con ello pesadumbres?
A la hora de sembrar nos ponen tasa;
pues que ellos nos den trigo, legumbres,
y cebada, pepinos y mostazas...
¡Que ellos son aquí los calabazas[2]!

[2] *calabazas: ineptos, ignorantes.*

(Llegan a la plaza el estudiante* LEONELO *y* BARRILDO*, hablando entre ellos.)

BARRILDO: ¿Cómo os fue en Salamanca?

LEONELO: Es larga historia.

BARRILDO: ¡Muy instruido seréis!

LEONELO: Ni aun un barbero.
Es, como digo, cosa muy notoria,
después que vemos tanto libro impreso,
pareciendo la imprenta una victoria,
¡provoca más confusión por exceso!,
y aquel que de leer tiene más uso,
de ver letreros solo está confuso.
Mas muchos que opinión tuvieron grave,
por imprimir sus obras la perdieron;
tras esto, con el nombre del que sabe,
muchos sus ignorancias imprimieron.
Otros, en quien la baja envidia cabe,

La imprenta nace en 1440 aproximadamente.

sus locos desatinos[3] escribieron,
y con nombre de aquel que aborrecían,
impresos por el mundo los envían.

[3] *desatinos: errores.*

BARRILDO: No soy de esa opinión.

LEONELO: El ignorante
es justo que se vengue del letrado.

BARRILDO: Leonelo, la impresión es importante.

LEONELO: Sin ella muchos siglos se han pasado,
y no vemos que en este se levanten
ilustres pensadores y grandes sabios
relevantes como el santo Agustino[4].

[4] *santo Agustino: san Agustín de Hipona (354-430), padre de la Iglesia y uno de los grandes pensadores del cristianismo.*

BARRILDO: Dejadlo y sentaos, que estáis mohíno.

(Llegan JUAN ROJO y un LABRADOR, hablando entre ellos.)

JUAN ROJO: Hay pocos bienes y pocas cosechas
—a juzgar por lo que puede ver uno—,
no hay para una dote[5] ni en cuatro haciendas,
aunque en esto anda el pueblo muy confuso.

[5] *dote: conjunto de bienes y derechos aportados por la mujer al matrimonio.*

LABRADOR: ¿Qué hay del comendador, si va de afrentas[6]?

[6] *afrentas: hechos vergonzosos y deshonorosos.*

JUAN ROJO: ¿Cómo a Laurencia hacer lo que hizo pudo?

LABRADOR: ¿Quién fue cual él tan bárbaro y lascivo?
Colgado le vea yo de aquel olivo.

(Llegan a la plaza el COMENDADOR, ORTUÑO y FLORES.)

COMENDADOR: ¡Dios guarde la buena gente!
Con ustedes quiero hablar.

Ya presto voy a empezar,
sin demora alguna. ¡Siéntense!

ALONSO: En pie estaremos muy bien.

COMENDADOR: ¡Digo que se han de sentar!

ESTEBAN: De los buenos es honrar,
que no es posible que den
honra los que no la tienen.

COMENDADOR: Siéntense; hablaremos algo.

ESTEBAN: ¿Vio su señoría el galgo?

COMENDADOR: Alcalde, espantados vienen
mis dos criados de ver
tan notable ligereza.

ESTEBAN: Es una muy buena pieza.
Pardiez, que puede correr
tanto o más que un delincuente
en plena persecución.

COMENDADOR: Quisiera en esta ocasión
vuestra ayuda diligente.
No es, alcalde, un veloz galgo
lo que os pido que cacéis.
Y ahora ya me entenderéis:
quiero tener a mi lado
a una liebre que por pies
por momentos se me va.

ESTEBAN: Así lo haré. ¿Dónde está?

COMENDADOR: Allá. Vuestra hija es.

Esteban: ¿Mi hija, deudora de vos?

Comendador: Se ha negado a mis favores.
Se merece unos azotes.
Reñidla, alcalde, por Dios.

Esteban: ¿Cómo tal desfachatez?

Comendador: No rige bien tu cabeza.

Esteban: ¿No es, pues, bastante bajeza
haber preñado ya a diez?

Comendador: De alguno que está en la plaza
hice mía a su mujer,
más no fue de su doler,
pues vino de buena gana.

Esteban: Y vos, señor, no hacéis bien
en hablar tan libremente.

Comendador *(con ironía)*:
¡Oh, qué villano elocuente!
Lo que tú digas, ¡amén!

Esteban: Sin infamias ni peleas
os recuerdo que, señor,
debajo de vuestro honor
vivir el pueblo desea.
Mirad que en Fuenteovejuna
hay gente muy principal.

Leonelo: ¿Viose desvergüenza igual?

Comendador: Pues ¿he dicho cosa alguna
de que os pese, regidor?

Se incide en la idea de que los villanos poseen honor y tienen que defenderlo de los agravios del comendador.

REGIDOR: Lo que contáis es injusto;
no lo digáis, que no es justo
que nos quitéis el honor.

COMENDADOR: ¿Vosotros honor tenéis?
¡Qué nobles de Calatrava!

REGIDOR: Alguno acaso se alaba
de la cruz que le ponéis,
que no es de sangre tan limpia.

COMENDADOR: ¿Y la ensucio yo juntando
la mía a la vuestra?

REGIDOR: Cuando
que el mal más tiñe que limpia.

COMENDADOR: De cualquier suerte que sea,
vuestras mujeres se honran.

ALONSO: Esas palabras deshonran;
las otras, no hay quien las crea.

COMENDADOR: ¡Qué cansado villanaje!
¡Ah! Sabed que en las ciudades
hombres con mis cualidades
son buscados con coraje
y allá se precian casados
que visiten sus mujeres.

ESTEBAN: ¡No es verdad! Con esto quieres
que vivamos descuidados.

ALONSO: En las ciudades hay Dios,
y tan presto castiga

como a la modesta villa
que estáis ultrajando vos.

COMENDADOR *(fuera de sí)*:
¡Salid de la plaza luego[7]!
¡No quede ninguno aquí!

[7] *luego: de inmediato.*

ESTEBAN: ¡Nos vamos!

COMENDADOR: ¡Lejos de mí!

FLORES: Que te reportes te ruego.

COMENDADOR: Querrían hacer corrillo[8]
los villanos en mi ausencia.

[8] *hacer corrillo: aliarse, juntarse para discutir de un tema, separados del resto de la gente.*

ORTUÑO: Ten un poco de paciencia.

COMENDADOR: De tanta, me maravillo.
¡No quiero verlos ahí!
¡Que se vayan a sus casas!

LEONELO: ¡Cielos! ¿Cómo esto pasa?

ESTEBAN: Vámonos todos de aquí.

(Se van los LABRADORES.*)*

COMENDADOR: ¿Qué os parece de esta gente?

ORTUÑO: No sabes disimular
que no quieres escuchar
el disgusto que ellos sienten.

COMENDADOR: Estos ¿se igualan conmigo?

FLORES: No se trata de igualarse.

Comendador: Y el villano ¿ha de quedarse
con ballesta y sin castigo?
¿Dónde está ese tal Frondoso?

Flores: Dicen que anda por ahí.

Comendador: ¿Y se atreve a andar así,
hombre que matarme quiso?

Flores: Escucha, con tu permiso:
como un pez vendrá a picar
al reclamo o al anzuelo.

Comendador: ¡Que a un capitán cuya espada
tiemblan Córdoba y Granada,
un labrador, un mozuelo,
ponga una ballesta al pecho!
El mundo se acaba, Flores.

Flores: ¿Por una cuestión de amores?

Comendador: ¡Nadie me da a mí despecho!

Ortuño: ¿Y qué piensas que hacer debes?

Comendador: Yo he disimulado, Ortuño;
que si no, de punta a puño,
antes de dos horas breves,
pasara todo el lugar;
que hasta que llegue ocasión,
al freno de la razón
hago la venganza estar.

El comendador y su criado clasifican a las mujeres según sus reacciones ante la seducción de los hombres..

Flores: Por cierto, ¿qué hay de Pascuala?
Dicen que está por casarse.

COMENDADOR: ¿Hasta allá quiere fiarse?
Dime entonces: ¿qué hay de Olalla?

ORTUÑO: Eso que me has preguntado
tiene respuesta graciosa.
Olvida esa moza briosa.

COMENDADOR: ¿Cómo?

ORTUÑO: Que su desposado
anda tras ella estos días
celoso de mis recados,
y de que con tus criados
a visitarla venías;
pero que, si se descuida,
entrarás como primero.

COMENDADOR: ¡Bueno, a fe de caballero!
Pero el villanejo cuida...

ORTUÑO: Cuida tú más y ve cauto.

COMENDADOR: ¿Qué hay de Inés?

FLORES: ¿Cuál?

COMENDADOR: La de Antón.

FLORES: Para cualquier ocasión
te ha ofrecido sus encantos.
Ya le hablé en el corral,
por donde has de entrar si quieres.

COMENDADOR: A las fáciles mujeres
quiero bien y pago mal.

Si estas supiesen, ¡oh Flores!,
estimarse en lo que valen...

FLORES: No hay disgustos que se igualen
a contrastar sus favores.
Rendirse presto demuestra
mujer de ligero hacer;
mas hay mujeres también
que son hábiles maestras
en sugerirse a los hombres
que de cualquier forma sea,
tanto hermosas como feas.
De modo que no te asombres.

COMENDADOR: A un hombre de amores loco
le place que eventualmente
se le rindan fácilmente;
mas después las tiene en poco.
Lo que pudo desear
el hombre más educado
porque poco le ha costado,
rápido lo va a olvidar.

(Llega a la plaza CIMBRANOS, soldado del comendador, anunciando azorado que Ciudad Real ha sido rodeada por las tropas reales.)

CIMBRANOS: ¿Está aquí el comendador?

ORTUÑO: ¿No le ves en tu presencia?

CIMBRANOS: ¡Oh, gallardo Fernán Gómez!
Prepara las armas nuevas,
que el maestre de Santiago

y el conde de Cabra cercan
a don Rodrigo Girón,
por la castellana reina,
en Ciudad Real; de suerte
que no es mucho que se pierda
lo que en Calatrava sabes
que tanta sangre le cuesta.
¡Ponte a caballo, señor,
salid presto de la aldea,
que las tropas de Fernando
a Téllez Girón rodean,
y temo que a Almagro,
vivo el maestre no vuelva!

COMENDADOR: ¡No sigas! Detente, espera.
Haz, Ortuño, que en la plaza
toquen luego una trompeta.
¿Cuántos soldados hay aquí?

ORTUÑO: Pienso que tienes cincuenta.

COMENDADOR: ¡Pónganse a caballo todos!

CIMBRANOS: ¡Deprisa! Si no aceleras,
Ciudad Real es del rey.

COMENDADOR: No hay temor que lo sea.

CUADRO II

(Se van los cuatro de la plaza, y entran en escena MENGO, LAURENCIA y PASCUALA huyendo.)

PASCUALA: No te apartes de nosotras.

MENGO: Pues ¿a qué tenéis temor?

LAURENCIA: Mengo, a la villa es mejor
que vamos unas con otras
(pues no hay hombre ninguno),
porque no demos con él.

Los hombres se han ido a la batalla.

MENGO: ¡Que este demonio cruel
no sea tan importuno!

LAURENCIA: No nos deja a sol ni a sombra.

MENGO: ¡Oh! Rayo del cielo baje,
que sus locuras ataje.

LAURENCIA: Es veneno que deshonra
este lugar con su presencia.

MENGO: Es bien cierto. Y me han contado
que Frondoso, aquí en el prado,
para salvarte, Laurencia,
le apuntó con la ballesta.

LAURENCIA: Si antes yo le aborrecía,
oh Mengo, desde aquel día
ya Frondoso le detesta.
¡Gran valor tuvo Frondoso!
Pienso que le ha de costar
la vida.

MENGO: Que del lugar
se vaya, será forzoso.

LAURENCIA: Aunque ya le quiero bien,
eso mismo le aconsejo;
mas recibe mi consejo
con ira, rabia y desdén;
y jura el comendador
que le ha de colgar de un pie.

Poco a poco van cambiando los sentimientos de Laurencia hacia Frondoso.

PASCUALA: ¡Mal garrotillo[9] le dé!

MENGO: Mala pedrada es mejor.
¿Hay hombre en naturaleza
como Fernán Gómez?

PASCUALA: No;
que parece que le dio
de una tigre la aspereza.

[9] *garrotillo: mal que suele producir la muerte por asfixia.*

(Llega JACINTA corriendo y pidiendo auxilio porque la persiguen los esbirros del COMENDADOR.)

JACINTA: Dadme socorro, por Dios,
si la amistad os obliga.

LAURENCIA: ¿Qué es esto, Jacinta amiga?

PASCUALA: Amigas somos las dos.

JACINTA: Del comendador criados,
que van a Ciudad Real,
más de infamia natural
que de noble acero armados,
me quieren llevar a él.

LAURENCIA: Pues Jacinta, Dios te libre;
será mucho más terrible
si conmigo aquí te ven.

(LAURENCIA se va.)

PASCUALA: Jacinta, yo no soy hombre
que te pueda defender.

(Se va PASCUALA.)

MENGO: Yo sí lo tengo que ser,
porque tengo el ser y el nombre.
Llégate, Jacinta, a mí.

JACINTA: ¿Tienes armas?

MENGO: Las primeras
del mundo.

JACINTA: ¡Oh, si las tuvieras!

MENGO: Piedras hay, Jacinta, aquí.

(Llegan FLORES y ORTUÑO.)

FLORES: ¿Por los pies pensabas irte?

JACINTA: Mengo, ¡muerta soy!

MENGO: Señores...
¡A estos pobres labradores!...

ORTUÑO: Pues ¿tú quieres persuadirte
a defender la mujer?

MENGO: Con los ruegos la defiendo;
que soy su deudo y pretendo
guardarla, si puede ser.

FLORES: ¡Quitadle luego la vida!

MENGO: ¡Voto al sol, si me emberrincho,
y saco la honda del cinto
que la llevéis bien vendida!

(Llegan el COMENDADOR y CIMBRANOS.)

COMENDADOR: ¿Qué es eso? ¡A cosas tan viles
me habéis de hacer apear!

FLORES: Gente de este vil lugar
(que ya es razón que aniquiles,
pues en nada te da gusto)
a nuestras armas se atreve.

MENGO: Señor, si piedad os mueve
de suceso tan injusto,
castigad estos soldados,
que con vuestro nombre ahora
roban una labradora
a esposo y padres honrados;
y dadme licencia a mí
que se la pueda llevar.

COMENDADOR: Licencia les quiero dar...
para vengarse de ti.
¡Suelta la honda!

MENGO: ¡Señor!...

COMENDADOR: ¡Flores, Ortuño, Cimbranos,
con ella atadle las manos!

MENGO: ¿Así mostráis vuestro honor?

El deber del señor era velar por el honor de sus vasallos. Aquí, el comendador no solo lo incumple, sino que se convierte en el responsable de la deshonra de todo el pueblo. Continuamente queda de manifiesto el desprecio, la soberbia y el orgullo que muestra hacia sus súbditos.

COMENDADOR: ¿Qué piensan Fuenteovejuna
y sus villanos de mí?

MENGO: Señor, ¿en qué os ofendí
yo o el pueblo en cosa alguna?

FLORES: ¿Ha de morir?

COMENDADOR: No ensuciéis
las armas; que habéis de honrar
en otro mejor lugar.

ORTUÑO: ¿Qué mandas?

COMENDADOR: Que lo azotéis.
Llevadle, y en ese roble
le atáis y le desnudáis,
y con las riendas...

MENGO: ¡Piedad!
¡Piedad, pues sois hombre noble!

COMENDADOR: ¡Azotadle hasta que salten
los hierros de las correas!

MENGO: ¡Cielos! ¿A hazañas tan feas
queréis que castigos falten?

(ORTUÑO y FLORES se van, llevándose a MENGO a rastras.)

COMENDADOR: Tú, villana, ¿por qué huyes?
¿Es mejor un labrador
que un hombre de mi valor?

JACINTA: ¡Harto bien me restituyes
el honor que me han quitado
en llevarme para ti!

COMENDADOR: ¿En quererte llevar?

JACINTA: Sí;
porque tengo un padre honrado,
que si en alto nacimiento
no te iguala, en las costumbres
te vence.

COMENDADOR: Las pesadumbres
y el villano atrevimiento
no templan bien un airado.
¡Tira por ahí!

JACINTA: ¿Con quién?

COMENDADOR: Conmigo.

JACINTA: Míralo bien.

COMENDADOR: Para tu mal lo he mirado.
Ea, villana, ¡camina!

JACINTA: ¡Piedad, señor!

COMENDADOR: No hay piedad.

JACINTA: ¡Apelo de tu crueldad
a la justicia divina!

(Se van.)

CUADRO III

La acción se traslada a la casa de ESTEBAN, *padre de* LAURENCIA.

*(*LAURENCIA *y* FRONDOSO *están en casa de* ESTEBAN, *el padre de ella.)*

LAURENCIA: ¿Cómo así a venir te atreves,
sin temer que te hagan daño?

FRONDOSO: He venido por halago
del respeto que mereces.
Desde el momento que vi
salir al comendador,
confié en tu gran valor
y todo el temor perdí.
¡Vaya donde no le vean
volver!

LAURENCIA: Frena el maldecir,
porque suele más vivir
al que la muerte desean.

Frondoso quiere saber si es merecedor del amor de Laurencia.

FRONDOSO: Laurencia, deseo saber
si vive en ti mi cuidado,
y si mi lealtad ha hallado
el puerto de merecer.
Mira que toda la villa
ya por pareja nos tiene;
y de cómo a ser no viene,
el pueblo se maravilla.
Laurencia, ¿esposos seremos?
¡Por Dios, responde no o sí!

LAURENCIA: Pues a la villa y a ti
respondo que lo seremos.

FRONDOSO: Deja que tus plantas bese
por la merced recibida,
pues el cobrar nueva vida
por ella es bien que confiese.

LAURENCIA: Los cumplimientos acorta;
y para que mejor cuadre,
habla, Frondoso, a mi padre,
pues es lo que más importa.
¡Ahí viene! Házselo saber.

FRONDOSO: Confío que dé anuencia[10]
para que su hija Laurencia
sea pronto mi mujer.

[10] *anuencia:* consentimiento.

(LAURENCIA se esconde y llegan el REGIDOR y ESTEBAN, el alcalde, hablando del COMENDADOR.)

ESTEBAN: ¡Vive Dios! Y de este modo,
que la plaza alborotó
y, en efecto, procedió
muy descomedido en todo.

REGIDOR: ¡Nadie tan odiado hubo
como este comendador!
¡Ha perdido la razón!,
si es que alguna vez la tuvo,
pues fuerza a nuestras mujeres
(la última ha sido Jacinta,
en pocos días, la quinta)
y abusa de sus poderes.

ESTEBAN: Yo por Jacinta lo siento,
pues la conozco de antaño.

REGIDOR: ¿A alguien más hizo algún daño?

ESTEBAN: Luego hizo azotar a Mengo.

REGIDOR: ¿Dónde está su dignidad?

ESTEBAN: Callad; que me siento arder,
viendo su mal proceder,
y el mal nombre que le dan.
¿Queréis más? Pues me contaron
que a la mujer de Redondo
un día, en lo más hondo
de este valle la encontraron.
Y cuando acabó con ella,
a sus criados la dio.

ESTEBAN: Aquí hay alguien: ¿quién es?

FRONDOSO: Yo.
¿Os puedo hablar de Laurencia?

ESTEBAN: ¡Claro! Para hablar conmigo
licencia no has menester;
Frondoso, te vi nacer
y te quiero como a un hijo.

FRONDOSO: Pues señor, pedirte quiero,
en ese afecto confiado,
que atiendas a mi recado:
de ti una merced espero
por tu buen hacer prolijo[11].

[11] *prolijo: extenso.*

Esteban: ¡Ay! ¿Te ha agraviado ese loco
de Fernán Gómez?

Frondoso: No poco.

Esteban: El corazón me lo dijo.

Frondoso: Pues señor, con el seguro
del amor que habéis mostrado,
de Laurencia enamorado,
el ser su esposo procuro.
Perdona si en el pedir
mi lengua se ha adelantado;
que he sido en decirlo osado
por lo que pueda ocurrir.

Esteban: Vienes, Frondoso, a ocasión
que me alegrarás la vida
por la cosa más temida
que siente mi corazón.
Agradezco, hijo, al cielo,
que así pidas, por mi honor,
y agradézcole a tu amor
la limpieza de tu celo.
Mas como es justo, es razón
dar cuenta a tu padre de esto.
Yo, por mi parte, estoy presto
en aceptar tu intención.
Tomaré el parecer de ella
si os parece será bien.

No era habitual que un padre escuchara y acatara los deseos de su hija para cuestiones importantes como el matrimonio. Es uno de los rasgos que aportan modernidad a la obra.

Frondoso: Justo es; que no hace bien
quien los gustos atropella.

ESTEBAN: ¡Hija! ¡Laurencia!...

LAURENCIA: Señor...

ESTEBAN: Mirad si digo bien yo.
¡Ved qué presto respondió!
Hija Laurencia, mi amor,
a preguntarte ha venido.
¿Quieres tú que diga sí?

LAURENCIA: Dilo tú, señor, por mí.

ESTEBAN: Pues por mí, ¡está bendecido!

LAURENCIA: Di, Frondoso, ¿estás contento?

FRONDOSO: ¡Cómo si lo estoy! ¡Es poco,
pues que no me vuelvo loco
de gozo, del bien que siento!
Risa vierte el corazón
por los ojos de alegría,
viéndote, Laurencia mía,
con amor y con pasión.

CUADRO IV

La acción se traslada a un campo de Ciudad Real.

(Aparecen en escena Rodrigo Téllez Girón, MAESTRE de la Orden de Calatrava, el COMENDADOR y los criados FLORES y ORTUÑO.)

COMENDADOR: Huye, señor, que no hay otro remedio.

MAESTRE: La flaqueza del muro lo ha causado,
y el poderoso ejército enemigo.

COMENDADOR: Sangre les cuesta e infinitas vidas.

MAESTRE: Y no se alabarán que en sus despojos
pondrán nuestro pendón de Calatrava,
que a honrar su empresa y los demás bastaba.

COMENDADOR: Tus designios, Girón, quedan perdidos.

MAESTRE: ¿Qué puedo hacer, si la fortuna ciega
a quien hoy levantó mañana humilla?

(Se oyen voces y griterío.)

VOCES: ¡Victoria por los Reyes de Castilla!

MAESTRE: Ya coronan de luces las almenas,
y las ventanas de las torres altas
entoldan con pendones victoriosos.

COMENDADOR: Bien pudieran, de sangre que les cuesta.
A fe que es más tragedia que no fiesta.

MAESTRE: Yo vuelvo a Calatrava, Fernán Gómez.

COMENDADOR: Y yo a Fuenteovejuna, mientras tratas
o seguir esta parte de tus deudos,
o reducir la tuya al Rey Católico.

Aquí, el comendador dice al maestre que, o bien continúa en el bando en el que está, o bien se somete a los Reyes Católicos.

MAESTRE: Yo te diré por cartas lo que intento.

COMENDADOR: El tiempo ha de enseñarte.

MAESTRE: ¡Ah, pocos años,
sujetos al rigor de sus engaños!

CUADRO V

La escena de la boda constituye un ejemplo de la mezcla de elementos cómicos y trágicos en la misma obra. Además, se introducen canciones populares reconocibles por el público que asistía a la representación.

La acción se traslada a un campo de Fuenteovejuna, donde el ambiente es alegre y festivo, pues se celebra la boda de FRONDOSO y LAURENCIA.

(Entra el cortejo nupcial: MÚSICOS, MENGO, FRONDOSO, LAURENCIA, PASCUALA, BARRILDO, ESTEBAN, el alcalde, y JUAN ROJO.)

MÚSICOS *(cantando)*:

¡Vivan muchos años
los desposados!
¡Vivan muchos años!

MENGO: A fe, que no os ha costado
mucho trabajo el cantar.

BARRILDO: ¿Lo sabrías tú trovar[12]
mejor que él ha trovado?

[12] *trovar: hacer versos.*

FRONDOSO: Parece que últimamente
Mengo entiende más de azotes
que de versos y canciones.
¿Quieres sernos complaciente?

Frondoso se refiere a la paliza que ha sufrido Mengo del comendador.

MENGO: ¡Que me azotasen a mí
cien soldados aquel día!
Solo una honda tenía,
¡harto desdichado fui!

FRONDOSO: ¿Y esa copla? Te lo ruego.

MENGO: Quiero el sufrir olvidar,
así que voy a cantar.

Frondoso: ¡Pues venga esa copla, Mengo!

Mengo: *Vivan muchos años juntos*
los novios, ruego a los cielos,
y por envidia ni celos
ni riñan ni anden en puntos[13]*.*
Lleven a entrambos difuntos,
de puro vivir cansados
y que... ¡vivan muchos años!

[13] *anden en puntos: discutan.*

(Todos ríen.)

Frondoso: ¡Maldiga el cielo al poeta
que tal coplón arrojó!

Barrildo: Oh, Mengo, es mucho mejor
que toques la pandereta.

Mengo: No es fácil improvisar
de súbito algunos versos.
¡Me salen como buñuelos
sin yo saber cocinar!
¿No habéis visto un buñolero[14],
en el aceite abrasando
pedazos de masa echando
hasta llenarse el caldero?
Que unos le salen hinchados,
otros tuertos y mal hechos,
ya zurdos y ya derechos,
ya fritos y ya quemados...
Pues así imagino yo
a un poeta componiendo,
la materia previniendo,
que es quien la masa le dio.

[14] *buñolero: el que hace o vende buñuelos.*

Va arrojando verso aprisa
al caldero del papel,
confiado en que la miel
cubrirá la burla y risa.
Mas poniéndolo en el pecho,
apenas hay quien los tome;
tanto que solo los come
el mismo que los ha hecho.

BARRILDO: Déjate ya de locuras;
deja a los novios hablar.

LAURENCIA: Las manos nos da a besar.

JUAN ROJO: Hija, ¿mi mano procuras?
Pídela a tu padre luego
para ti y para Frondoso.

ESTEBAN: Rojo, a ella y a su esposo
que se la dé el cielo ruego,
con su larga bendición.

FRONDOSO: A los dos nos la darán.

JUAN ROJO: Ea, tañed y cantad,
pues que ya uno solo son.

MÚSICOS: *Al val de Fuenteovejuna*
la niña al arroyo baja;
el caballero la sigue
de la Cruz de Calatrava.
Entre las ramas se esconde,
de vergonzosa y turbada;
fingiendo que no le ha visto,
pone delante las ramas.

«¿Por qué te escondes,
niña gallarda?
Que mis vivos deseos
paredes pasan».
Acercose el caballero
y ella, confusa y turbada,
hacer quiso celosías[15]
de las intricadas ramas;
mas como quien tiene amor
los mares y las montañas
atraviesa fácilmente,
le dice tales palabras:
«¿Por qué te escondes,
niña gallarda?
Que mis vivos deseos
paredes pasan».

[15] *celosías: enrejados que permiten ver sin ser visto.*

(Llegan el COMENDADOR*,* FLORES*,* ORTUÑO *y* CIMBRANOS*.)*

COMENDADOR: ¡Queda suspendida la boda
y que no alborote nadie!

JUAN ROJO: Señor, esto no es un juego.
¡Ya basta de que nos mandes!
¿Qué haces aquí? ¿Cómo vienes
con tu belicoso alarde?
¿Venciste? Mas ¿qué pregunto?

FRONDOSO: ¡Muerto soy! ¡Cielo, libradme!

LAURENCIA: Huye por aquí, Frondoso.

COMENDADOR: ¡Eso no! ¡Prendedle, atadle!

JUAN ROJO: Si te rindes, ¿es mejor?

Frondoso: Pues ¿quieres tú que me maten?

Juan Rojo: ¿Por qué?

Comendador: No soy hombre yo
que mate sin culpa a nadie;
que si lo fuera, le hubieran
pasado de parte a parte
esos soldados que traigo.
Mando llevarle a la cárcel,
donde la culpa que tiene
sentencie su mismo padre.

Pascuala: Señor, mirad que se casa.

Comendador: ¿Qué me obliga a que se case?
¿No hay otra gente en el pueblo?

Pascuala: Si os ofendió, perdonadle,
por ser vos quien sois.

Comendador: No es cosa
en que pueda tomar parte.
Es esto contra el maestre
Téllez Girón, que Dios guarde;
es contra toda su Orden,
es su honor, y es importante
sirva de ejemplo el castigo;
que habrá otro día quien trate
de alzar el pendón contra él,
pues ya sabéis que una tarde
al comendador mayor
(¡qué vasallos tan leales!)
puso una ballesta al pecho.

Esteban: Puesto que el disculparle
ya puede tocar al suegro,
con lo que vais a contarle
se enemistará con vos
aun siendo persona afable.
Porque si vos pretendéis
su propia mujer quitarle,
¿qué menos que la defienda?

Comendador: Majadero sois, alcalde.

Esteban: Por vuestra virtud, señor.

Comendador: Nunca yo quise quitarle
su mujer, pues no lo era.

Esteban: Sí quisiste... Y ello baste,
que reyes hay en Castilla
que nuevas órdenes hacen
y que desórdenes quitan.
Y harán mal cuando descansen
de las guerras, en sufrir
en sus villas y lugares
a hombres tan poderosos
por traer cruces tan grandes;
póngasela el rey al pecho,
que para pechos reales
es esa insignia y no más.

Esteban se enfrenta al comendador, le reprocha sus abusos y le informa de su apoyo a los Reyes Católicos, jueces justos que castigarán los desprecios de los nobles desleales como él.

Comendador: ¡Vaya! ¡La vara quitadle!

Se refiere a la vara de mando de los alcaldes.

Esteban: ¡Tomad, aquí la tenéis!

Comendador: Pues con ella quiero darte.

ESTEBAN: Como señor ya hace tiempo
que os sufro. ¡Ya podéis darme!

PASCUALA: ¿Osarás pegar a un viejo?

LAURENCIA: Tú le das porque es mi padre.
¿Con él te vengas de mí?

COMENDADOR: ¡Llevadla, y haced que guarden
su persona diez soldados!

(El COMENDADOR y los suyos se van, llevándose prisioneros a FRONDOSO y a LAURENCIA.)

ESTEBAN: ¡Justicia del cielo baje!

(Se va.)

PASCUALA: Se volvió en luto la boda.

(Se va.)

BARRILDO: ¿No hay aquí un hombre que hable?

MENGO: Yo ya tengo mis azotes,
que aún se ven los cardenales
sin que haga falta ir a Roma.
Prueben otros a enojarle.

Mengo juega con el doble significado de «cardenal»: moratón y cargo eclesiástico.

JUAN ROJO: Hablemos todos.

MENGO: Señores,
la situación está que arde
y aquí todo el mundo calla.

¿Qué abusos comete el comendador en este acto?

Localiza un fragmento en el que se mezclen sucesos trágicos y cómicos.

Acto tercero

CUADRO I

La acción se desarrolla en la sala del concejo de Fuenteovejuna, donde se celebra una reunión de ciudadanos, muy alterados tras los últimos sucesos acaecidos por los abusos y agravios del comendador.

(En escena, los alcaldes Esteban *y* Alonso*, y* Barrildo*.)*

Esteban: ¿No han venido a la junta?

Barrildo: No han venido.

Esteban: Pues más deprisa nuestro daño corre.

Barrildo: Ya está lo más del pueblo prevenido.

Esteban: Frondoso está prisionero en la torre,
y mi hija Laurencia en tanto aprieto,
si la piedad de Dios no los socorre...

(Entran Mengo*,* Juan Rojo *y el* Regidor*.)*

MENGO: Nosotros acudimos a esta junta
por si hay algo que hacer.

ESTEBAN: Bañado en llanto,
labradores honrados, yo os pregunto:
¿qué exequias[1] debe hacer toda esa gente
a su patria sin honra, ya perdida?

[1] *exequias: honores fúnebres.*

JUAN ROJO: Y si se llaman honras justamente,
¿cómo se harán, si no hay entre nosotros
hombre a quien este bárbaro no afrente?

ESTEBAN: Respondedme: ¿hay alguno de vosotros
que no esté lastimado en honra y vida?
¿No os lamentáis los unos y los otros?
¡Pues si ya la tenéis todos perdida!
¿A qué aguardáis? ¿Qué desventura es esta?

Juan Rojo propone pedir ayuda a los Reyes Católicos, que ya han pacificado la zona.

JUAN ROJO: La mayor que en el mundo fue sufrida.
Mas pues ya se publica y manifiesta
que en paz tienen los reyes a Castilla,
propongo pedirles ayuda presta:
vayan dos regidores a la villa
y, echándose a sus pies, pidan remedio.

BARRILDO: Que accediese Fernando es maravilla,
ocupado con tanta guerra en medio.

REGIDOR: Abandonar la villa yo propongo.

JUAN ROJO: Es imposible en tiempo limitado.

MENGO: A la fe, si se entiende el alboroto,
que nos puede costar alguna vida.

REGIDOR: Ya, todo resto de paciencia roto,
queda la rienda del temor perdida.
La hija quitan con tan gran fiereza
a nuestro alcalde honrado que regía
la patria en que vivís, y en la cabeza
golpean con la vara injustamente.
¿Qué esclavo se trató con más bajeza?

JUAN ROJO: ¿Qué es lo que quieres tú que el pueblo intente?

REGIDOR: Morir, o dar la muerte a los tiranos,
pues somos muchos, y ellos poca gente.

BARRILDO: ¡Contra el señor las armas en las manos!

ESTEBAN: El rey solo es señor después del cielo,
y no bárbaros hombres inhumanos.
Si Dios ayuda nuestro justo celo,
¿qué podemos perder?

Para Esteban, el levantamiento del pueblo contra el comendador no es una sublevación contra el poder, pues este solo lo representan Dios y los reyes, no el comendador.

MENGO: Mirad, señores,
que vais en estas cosas con recelo.
Puesto que somos simples labradores
—y somos los que más injurias pasan—,
más cuerdo represento sus temores.

Mengo reconoce que, a pesar de que los labradores son los que más sufren, deben ir con cuidado. Teme las consecuencias de sus actos.

JUAN ROJO: Mengo, nuestras desgracias se compasan
para perder las vidas; ¿qué aguardamos?
Las casas y las viñas nos abrasan:
tiranos son. ¡A la venganza vamos!

(Entra LAURENCIA, recién escapada de su prisión. Llega desmelenada y con heridas.)

LAURENCIA: ¡Dejadme entrar! Si no puedo
en la junta de los hombres
votar yo por ser mujer,
sí puedo, al menos, dar voces.
¿Me conocéis?

ESTEBAN: ¡Santo cielo!
¿No es mi hija?

JUAN ROJO: ¿No conoces
a Laurencia?

LAURENCIA: Vengo tal,
que mi diferencia os pone
en la duda de quién soy.

ESTEBAN: ¡Hija mía!

LAURENCIA: No me nombres
tu hija.

ESTEBAN: ¿Por qué, mis ojos?
¿Por qué?

LAURENCIA: Por muchas razones,
y sean las principales
porque dejas que me roben
tiranos sin que me vengues,
traidores sin que me cobres.
Aún no era yo de Frondoso,
para que digas que él tome,
como marido, venganza;
que aquí por tu cuenta corre;
que en tanto que de las bodas
no haya llegado la noche,

del padre, y no del marido,
la obligación presupone.
Me secuestró ante tus ojos:
se me llevó Fernán Gómez
a su casa y me encerró.
¡Qué desatinos enormes,
qué palabras, qué amenazas
y qué delitos atroces,
por rendir mi castidad
a sus apetitos torpes!
Mis cabellos, ¿no lo dicen?
¿No se ven aquí los golpes,
de la sangre y las señales?
¿Vosotros sois hombres nobles?
Ovejas sois, bien lo dice
de Fuenteovejuna el nombre.
¡Dadme unas armas a mí!,
pues sois piedras, pues sois bronces,
pues sois jaspes, pues sois tigres...
Tigres no, porque feroces
siguen quien roba a sus hijos,
matando a los cazadores.
Liebres cobardes nacisteis.
¡Bárbaros sois, no españoles!
Gallinas, ¡vuestras mujeres
dejáis que otros hombres gocen!
Poneos ruecas en el cinto
en lugar de los estoques[2],
que parecéis hilanderas
de lo más torpe, en vez de hombres.
¿He de ser yo quien proponga
que las mujeres se cobren

Laurencia emplea duras metáforas y comparaciones para conseguir que los hombres del pueblo se movilicen contra la injusticia y los abusos del comendador.

[2]*estoques: espadas estrechas.*

venganza de estos tiranos?
¡Hilanderas, maricones,
amujerados, cobardes,
y que mañana os adornen
nuestros tocados y faldas,
de mil formas y colores!
A Frondoso quiere ya,
sin sentencia, sin pregones,
colgar el comendador
de la almena de una torre.
¡Con todos hará lo mismo!
¿Eso queréis, medio hombres?

ESTEBAN: Yo, hija, no soy de aquellos
que permiten que los nombres
con esos títulos viles.
Iré solo, si se pone
todo el mundo contra mí.

JUAN ROJO: Y yo, por más que me asombre,
te voy a seguir, Esteban.

REGIDOR: Muramos todos.

BARRILDO: Y coge
un lienzo al viento en un palo,
y mueran estos traidores.

JUAN ROJO: ¿Pensáis tener alguna orden
de estamentos superiores?

MENGO: ¡Ir a matarle sin orden!
Juntad el pueblo a una voz;
que todos están conformes
en que los tiranos mueran.

ESTEBAN: ¡Tomad espadas, lanzones,
ballestas, chuzos[3] y palos!

[3] chuzos: palos armados con un pincho de hierro para atacar.

MENGO: ¡Los Reyes nuestros señores
vivan!

TODOS: ¡Vivan muchos años!

MENGO: ¡Mueran tiranos traidores!

TODOS: ¡Traidores tiranos mueran!

(Se van todos.)

LAURENCIA: ¡Caminad, que el cielo os oye!
¡Ah, mujeres de la villa!
¡Acudid, por que se cobre
vuestro honor; acudid todas!

(Llegan PASCUALA, JACINTA y otras mujeres.)

PASCUALA: ¿Qué es esto? ¿Por qué das voces?

LAURENCIA: ¿No veis cómo todos van
a matar a Fernán Gómez,
y hombres, mozos y muchachos,
furiosos, al hecho corren?
¿Será bien que solos ellos
de esta hazaña el honor gocen?
Pues no son de las mujeres
sus agravios los menores.

JACINTA: Di, pues, ¿qué es lo que pretendes?

LAURENCIA: Que puestas todas en orden,
acometamos a un hecho

[4] *orbe: mundo.*

[5] *cabo: caudillo, capitán.*

[6] *alférez: oficial de menor rango.*

que dé espanto a todo el orbe[4].
Jacinta, tú por tu agravio,
¿quieres ser cabo[5] –responde–
de una escuadra de mujeres?
Pascuala, alférez[6] serás.

PASCUALA: Pues déjame que enarbole
en un asta la bandera:
verás si merezco el nombre.

LAURENCIA: No hay tiempo para hacer eso,
pues la dicha nos socorre:
bien nos basta que llevemos
nuestras tocas por pendones.

PASCUALA: ¡Tú serás el capitán!

LAURENCIA: ¡Vámonos, que el tiempo corre!

CUADRO II

La acción se traslada a casa del comendador.

(En escena están FRONDOSO, atadas las manos; FLORES, ORTUÑO, CIMBRANOS y el COMENDADOR.)

COMENDADOR: ¡De esa cuerda que de las manos sobra
quiero que le colguéis, por mayor pena!

FRONDOSO: ¡Qué nombre, ruin señor, tu sangre cobra!

COMENDADOR: Colgadle luego en la primera almena.

FRONDOSO: Nunca fue mi intención la maniobra
de matarte.

FLORES: Señor, gran ruido suena.

(Se oyen ruidos de golpes.)

COMENDADOR: ¿Ruido?

FLORES: Tu justicia ahora interrumpen.

ORTUÑO: ¡Derribaron la puerta! ¡En casa irrumpen!

(Mayor ruido.)

COMENDADOR: ¡La puerta de mi casa y siendo casa
de la encomienda!

FLORES: El pueblo junto viene.

JUAN ROJO *(se oye su voz desde dentro)*:
¡Rompe, derriba, hunde, quema, abrasa!

ORTUÑO: Un motín popular mal se detiene.

COMENDADOR: ¡El pueblo contra mí!

FLORES: La furia pasa
tan adelante que las puertas tiene
echadas por la tierra.

COMENDADOR: ¡Desatadle!
¡Templa, Frondoso, a ese villano alcalde!

FRONDOSO: ¡Con ellos voy, que amor les ha movido!

(Se va.)

MENGO *(desde dentro)*:
¡Vivan Fernando e Isabel, y mueran
los traidores!

FLORES: Señor, por Dios te pido
que no te hallen aquí.

COMENDADOR: ¡Si perseveran,
este aposento es fuerte y defendido!
Ellos se volverán.

FLORES: Cuando se alteran
los pueblos agraviados, y resuelven,
nunca sin sangre o sin venganza vuelven.

COMENDADOR: Tanto en la puerta como en los portillos,
su furor con las armas defendamos.

FRONDOSO *(desde dentro)*:
¡Viva Fuenteovejuna!

COMENDADOR: ¡Qué caudillo!
Estoy porque a su furia acometamos.

FLORES: De la tuya, señor, me maravillo.

ESTEBAN: ¡Mirad acá el tirano! ¿A qué esperamos?
¡Fuenteovejuna, y los tiranos mueran!

(Entran hombres del pueblo.)

COMENDADOR: ¡Esperad!

TODOS: Los agravios nunca esperan.

COMENDADOR: Decídmelos a mí, que iré pagando
a fe de caballero esos errores.

TODOS: ¡Fuenteovejuna! ¡Viva el rey Fernando!
¡Mueran ya los injustos y traidores!

COMENDADOR: ¿No me queréis oír? Estoy hablando:
¡yo soy vuestro señor!

TODOS: Nuestros señores
son los Reyes Católicos.

COMENDADOR: Espera.

TODOS: ¡Fuenteovejuna, y Fernán Gómez muera!

(Se van los hombres, llevándose al COMENDADOR *y a sus criados consigo. A partir de ahora, hasta el final de este cuadro, se oyen ruidos, gritos y voces que vienen de detrás del escenario, mientras se ejecuta al* COMENDADOR.*)*

Los actos de violencia contra el comendador se representan fuera de escena para suavizarlos. De ahí que las acotaciones indiquen que las voces vienen de dentro.

(Entran las mujeres, armadas.)

LAURENCIA: Complaceos en estas esperanzas,
soldados atrevidos, no mujeres.

PASCUALA: Ya llegó la hora de las venganzas.
¡No estará ahora Guzmán para placeres!

JACINTA: Su cuerpo recojamos en las lanzas.

PASCUALA: Todas son de esos mismos pareceres.

ESTEBAN *(voz desde dentro)*:
¡Muere, traidor comendador!

COMENDADOR *(voz desde dentro)*: Ya muero.
¡Piedad, Señor, que tu clemencia espero!

BARRILDO *(voz desde dentro)*:
¡Aquí está Flores!

MENGO *(voz desde dentro)*: ¡Dale a ese bellaco;
que ese fue el que me dio dos mil azotes!

FRONDOSO *(voz desde dentro)*:
¡No me vengo, si el alma no le saco!

LAURENCIA: No excusamos entrar.

PASCUALA: No te alborotes.
Bien es guardar la puerta.

BARRILDO *(voz desde dentro)*: ¡No me aplaco
con lágrimas ahora, marquesote!

LAURENCIA: Pascuala, yo entro dentro; que la espada
no ha de estar tan sujeta ni envainada.

(Se va.)

BARRILDO *(voz desde dentro)*:
Aquí está Ortuño.

FRONDOSO *(voz desde dentro)*: Córtale la cara.

(Aparece en escena FLORES, huyendo, y MENGO tras él.)

FLORES: ¡Mengo, piedad, que no soy yo el culpado!

MENGO: Cuando ser alcahuete no bastara,
bastaba haberme el pícaro azotado.

PASCUALA: Dánoslo a las mujeres, Mengo, para...
Acaba por tu vida.

MENGO: Ya le he dado;
que no le quiero yo mayor castigo.

PASCUALA: Vengaré tus azotes.

MENGO: Eso digo.

JACINTA: ¡Ea, muera el traidor!

FLORES: ¡Entre mujeres!

JACINTA: ¿No te parece poco?

PASCUALA: ¿Acaso lloras?

JACINTA: Muere, concertador de sus placeres.

PASCUALA: ¡Ea, muera el traidor!

FLORES: ¡Piedad, señoras!

(Entra en escena ORTUÑO huyendo de LAURENCIA.)

ORTUÑO: Mira que no soy yo...

LAURENCIA: Ya sé quién eres.
¡Teñid de rojo el arma vencedora!

PASCUALA: ¡A estos viles rufianes despreciamos!

TODOS: ¡Fuenteovejuna, y viva el rey Fernando!

CUADRO III

La acción se desarrolla en el palacio real de los Reyes Católicos.

(En escena, el Rey *don Fernando, la reina doña* Isabel*, y don* Manrique*, maestre.)*

Manrique: Monarca, os vengo a informar
de una muy buena noticia:
¡la exitosa reconquista,
oh rey, de Ciudad Real!

Rey: Bien, Manrique, eso asegura
que Alfonso de Portugal
ya no pueda hacernos mal
en la invasión que procura.

(Llega Flores*, que ha logrado escapar de Fuenteovejuna. Va herido.)*

Flores: Católico rey Fernando,
a quien el cielo concede
la corona de Castilla,
como varón excelente,
oye la mayor crueldad
jamás vista entre las gentes.

Rey: ¿Qué ha pasado?

Flores acusa a Fuenteovejuna de haber matado al comendador, pero no cuenta la tiranía de su señor hacia el pueblo.

Flores: Ahora os lo cuento
si mis heridas consienten.
No vivir mucho más temo,
y por ello seré breve.
De Fuenteovejuna vengo,
allí donde, impunemente,
los vecinos de la villa

a su señor dieron muerte.
Sin razón de peso alguna,
le han matado sus infieles;
que por una leve causa
estos traidores se atreven
sin recelo a cometer
las injusticias más crueles.
Con título de tirano
que le acumula la plebe,
sus vasallos, indignados,
el hecho fiero acometen;
y quebrantando su casa,
muy furiosos e impacientes,
le lanzan por la ventana
después de herirle cruelmente.
Ya en el suelo Fernán Gómez,
le recogen las mujeres.
Llévanle a una casa muerto,
y, entre todas, juntamente,
le arrancan barba y cabello.
Y no siendo suficiente,
las orejas ya le tajan
y también su rostro hieren.
¡Tal fue, en efecto, su furia!
Y le saquearon la casa,
cual si de enemigos fuese,
y gozosos entre todos
han repartido sus bienes.
Haz, señor, pues eres justo,
que la justa pena lleven
de tan riguroso caso
los bárbaros delincuentes.

Rey: Puedes estar confiado
que sin castigo no queden.
El triste suceso ha sido
tal que admirado me tiene.
Y que vaya allí un juez
que lo averigüe conviene,
y castigue a los culpables
para ejemplo de las gentes.
Pues tan gran atrevimiento
castigo ejemplar requiere.
¡Y curad a este soldado
de las heridas que tiene!

CUADRO IV

La acción se traslada al campo de Fuenteovejuna, donde el pueblo, cantando y recitando coplas, celebra regocijado la muerte del tirano.

(Entran a escena los labradores y labradoras, con la cabeza de Fernán Gómez en una lanza.)

Músicos: *¡Muchos años vivan*
Isabel y Fernando,
y mueran los tiranos!

Barrildo: Dinos tu copla, Frondoso.

Frondoso: Ya va mi copla a la fe;
si le faltare algún pie,
enmiéndelo el más curioso.
¡Vivan la bella Isabel,
y Fernando de Aragón,

pues que para en uno son,
él con ella, ella con él!
A los cielos San Miguel
lleve a los dos de las manos.
¡Vivan muchos años,
y mueran los tiranos!

LAURENCIA: ¡Ahora Barrildo!

BARRILDO: Ya va,
que a la fe que la he pensado.

PASCUALA: Si la dices con cuidado,
buena y rebuena será.

BARRILDO: *¡Vivan los reyes famosos*
muchos años, pues que tienen
la victoria, y a ser vienen
nuestros dueños venturosos!
Salgan siempre victoriosos
de gigantes y de enanos,
¡y mueran los tiranos!

MÚSICOS: *¡Muchos años vivan*
Isabel y Fernando,
y mueran los tiranos!

LAURENCIA: ¡Ahora Mengo!

FRONDOSO: Mengo diga.

MENGO: Soy poeta refinado.

PASCUALA: Mejor dirás lastimado
de la espalda y la barriga.

MENGO: Habla Mengo, el gran poeta,
que su copla va a dar risa;
se asemeja a una boñiga.
¡Oíd su copla discreta!
Una mañana en domingo
me mandó azotar aquel,
de manera que el rabel
daba espantoso respingo;
pero ahora que lo pringo,
¡vivan los reyes «cristiánigos»,
y mueran los «tiránigos»!

(Todos ríen.)

MÚSICOS: *¡Vivan muchos años!*

ESTEBAN: ¡Quita la cabeza allá!

MENGO: Cara tiene de ahorcado.

(JUAN ROJO muestra un escudo con las armas reales que sustituirá al de la Orden de Calatrava.)

REGIDOR: ¡El escudo ya ha llegado!

ESTEBAN: Con el emblema real.

JUAN ROJO: ¿Adónde se ha de poner?

REGIDOR: Aquí, en el Ayuntamiento.

ESTEBAN: ¡Bravo escudo!

BARRILDO: ¡Qué contento!

FRONDOSO: Ya comienza a amanecer,
con este sol, nuestro día.

MENGO: ¡Vivan Castilla y León,
y las barras de Aragón,
y muera la tiranía!

ESTEBAN: Advertid, Fuenteovejuna,
a las palabras de un viejo;
que el admitir su consejo
no ha dañado vez ninguna.
Los reyes han de querer
averiguar este caso,
y más vale que, si acaso,
acordemos qué hay que hacer.
Concertaos todos a una
en lo que habéis de decir.

FRONDOSO: ¿Qué es tu consejo?

ESTEBAN: Morir
diciendo Fuenteovejuna,
y a nadie saquen de aquí.

FRONDOSO: Es el camino derecho.
Fuenteovejuna lo ha hecho.

ESTEBAN: ¿Queréis responder así?

TODOS: Sí.

ESTEBAN: Pues yo ahora seré el juez
y haré de pesquisidor,
para ensayarnos mejor
lo que habrá que responder.
Imaginemos a Mengo
en la sala de tortura.

MENGO: ¿No hallaste en Fuenteovejuna
otro aspirante al tormento?
¡Otro más flaco, si acaso!

ESTEBAN: Esto es un ensayo, Mengo.
Soy el juez, responde presto
o te torturo, villano.
¿Quién mató al comendador?

MENGO: Fuenteovejuna lo hizo.

ESTEBAN: Perro, ¿si te martirizo?

MENGO: Aunque me matéis, señor.

ESTEBAN: Confiesa, ladrón.

MENGO: Confieso.

ESTEBAN: Pues ¿quién fue?

MENGO: Fuenteovejuna.

ESTEBAN: Dadle otra vuelta.

MENGO: Es ninguna.

ESTEBAN: ¡Cagajón[7] para el proceso!

(Llega azorado el REGIDOR.)

REGIDOR: ¡Llega el juez y un capitán!

ESTEBAN: Venga el diablo: ya sabéis
lo que responder tenéis.

REGIDOR: El pueblo prendiendo van,
sin dejar alma ninguna.

[7] *cagajón: expresión malsonante que se refiere a los excrementos de los animales.*

ESTEBAN: Que no hay que tener temor.
¿Quién mató al comendador,
Mengo?

MENGO: ¿Quién? ¡Fuenteovejuna!

CUADRO V

La acción se desarrolla en Almagro, en una habitación de la casa de Rodrigo Téllez de Girón, el maestre de la Orden de Calatrava.

(En escena, el MAESTRE y un SOLDADO.)

MAESTRE: ¡Que tal caso ha sucedido!
Desgraciada fue su suerte.
Estoy por darte la muerte
por la nueva que has traído.

SOLDADO: Yo, señor, soy mensajero,
y enojarte no es mi intento.

MAESTRE: ¡Que a tal tuvo atrevimiento
un pueblo enojado y fiero!
Iré con quinientos hombres,
y la villa he de asolar;
en ella no ha de quedar
ni aun memoria de los nombres.

SOLDADO: Señor, tu enojo reporta;
porque al rey se han entregado,
y no tener enojado
al rey es lo que te importa.

MAESTRE: ¿Cómo al rey se pueden dar,
si de la encomienda son?

SOLDADO: Con él sobre esa razón
podrás luego pleitear.

MAESTRE: Por pleito ¿cuándo salió
lo que él le entregó en sus manos?
Son señores soberanos,
y tal reconozco yo.

SOLDADO: Los abusos de Guzmán
no los advertisteis vos,
que sois muy joven, por Dios,
y os supo bien engañar.

MAESTRE: Me doy cuenta de mi culpa
en casos de gravedad.
Con todo, mi poca edad
viene a ser quien me disculpa.
Ahora estoy avergonzado.
De caballero, mi honor
me inclina a pedir perdón
al honrado rey Fernando.

CUADRO VI

La acción se traslada a la plaza de Fuenteovejuna.

(En escena, LAURENCIA *sola.)*

LAURENCIA: Amando, el temer daño en lo amado,
nueva pena de amor se considera,

que quien en lo que ama daño espera
aumenta en el temor nuevo cuidado.

El firme pensamiento desvelado,
si le aflige el temor, fácil se altera;
que ciertamente no es pena ligera
ver llevar el temor el bien robado.

Mi esposo adoro; la ocasión que veo
al temor de su daño me condena,
si no le ayuda la dichosa suerte.

Al bien suyo se inclina mi deseo:
si está presente, está cierta mi pena;
si está en ausencia, está cierta mi muerte.

(Llega FRONDOSO.*)*

FRONDOSO: ¡Mi Laurencia!

LAURENCIA: ¡Esposo amado!
¿Cómo a estar aquí te atreves?

FRONDOSO: ¿Esas resistencias debes
a mi amoroso cuidado?

LAURENCIA: Mi bien, procura guardarte,
porque tu daño yo temo.

FRONDOSO: No quiera, Laurencia, el cielo
que eso llegue a disgustarte.

LAURENCIA: ¿No temes ver el rigor
de lo que a todos sucede,
y el furor con que procede
este cruel pesquisidor?

FRONDOSO: ¿Te parece bien que deje
en el peligro presente
a todo el pueblo y su gente?
¡No me mandes que me aleje!
Sería mal corazón
que, por evitar mi daño,
sea con mi sangre extraño
en tan terrible ocasión.

(Se oyen voces desde dentro.)

Voces parece que he oído,
y son, si yo mal no siento,
de alguno que dan tormento.
¡Oye con atento oído!

[8] *potro: instrumento de tortura.*

(Desde dentro se oyen ruidos, gritos y voces. El juez manda torturar en el potro[8] *a varios ciudadanos de Fuenteovejuna para que confiesen quién mató al comendador. En el tono de voz del juez se nota que cada vez está más irritado.)*

El juez se muestra terriblemente cruel torturando a ancianos, niños y mujeres.

JUEZ *(desde dentro)*:
Decid la verdad, buen viejo.

FRONDOSO: Un viejo, Laurencia mía,
atormentan.

LAURENCIA: ¡Qué osadía!

ESTEBAN *(desde dentro)*:
Déjenme un poco.

JUEZ *(dentro)*: Ya os dejo.
Decid, ¿quién mató a Guzmán?

Esteban *(dentro)*:
Fuenteovejuna lo hizo.

Laurencia: Que resista, mi querido
padre.

Juez *(dentro)*: Con otro patán
probemos. ¡A ese muchacho
aprieta! Perro, yo sé
que lo sabes. Di quién fue.
¿Callas? Aprieta, borracho.

Niño *(dentro)*: Fuenteovejuna, señor.

Juez *(dentro)*: ¡Por vida del rey, villanos,
que os ahorque con mis manos!
¿Quién mató al comendador?

Frondoso: ¡Que a un niño le den tormento
y que el niño no confiese!

Laurencia: ¡Bravo pueblo!

Frondoso: Bravo y fuerte.

Juez *(dentro)*: ¡Esa mujer, al momento,
en ese potro poned!
Dale muchas vueltas luego.

Laurencia: Ya está de cólera ciego.

Juez *(dentro)*: Que os he de matar, creed,
en ese potro, villanos.
¿Quién mató al comendador?

Pascuala *(dentro)*:
Fuenteovejuna, señor.

JUEZ *(dentro)*: ¡Dale!

FRONDOSO: Pensamientos vanos.

LAURENCIA: Pascuala niega, Frondoso.

FRONDOSO: Niegan niños: ¿qué te espantas?

JUEZ *(dentro)*: Parece que los encantas.
¡Aprieta!

PASCUALA *(dentro)*: ¡Ay, cielo piadoso!

JUEZ *(dentro)*: ¡Aprieta, infame! ¿Estás sordo?

PASCUALA *(dentro)*:
Fuenteovejuna lo hizo.

JUEZ *(dentro)*: Traedme aquel más rollizo;
ese desnudo, ese gordo.

LAURENCIA: ¡Pobre Mengo! Él es, sin duda.

Frondoso teme que la debilidad de Mengo le haga confesar.

FRONDOSO: Temo que ha de confesar.

MENGO *(dentro)*:
¡Ay, ay!

JUEZ *(dentro)*: ¡Comienza a apretar!

MENGO *(dentro)*:
¡Ay!

JUEZ *(dentro)*: ¿Es menester ayuda?

MENGO *(dentro)*:
¡Ay, ay!

JUEZ *(dentro)*: ¿Quién mató, villano,
al señor comendador?

MENGO *(dentro)*:
¡Ay, yo lo diré, señor!

JUEZ *(dentro)*: ¡Afloja un poco la mano!

FRONDOSO: ¡Este confiesa!

JUEZ *(dentro)*: Y aplica
la espalda.

MENGO *(dentro)*: Quieto, que yo
lo diré.

JUEZ *(dentro)*: ¿Quién lo mató?

MENGO *(dentro)*:
Señor, Fuente Ovejunica.

El diminutivo afectivo del nombre de Fuenteovejuna aporta comicidad a la escena: en un momento de tanta tensión dramática, parece que Mengo va a confesar la verdad y, sin embargo, se ratifica en su anterior respuesta con un toque cómico.

JUEZ *(dentro)*: ¿Hay tan gran bellaquería?
¡Del dolor se está burlando!
Justo el que estaba esperando
niega con más energía.
¡Dejadlos, que estoy cansado!

FRONDOSO: ¡Oh, Mengo, bien te haga Dios!
Temor que tuve de dos,
el tuyo me le ha quitado.

(Entran al escenario, saliendo de la casa, MENGO, malherido, BARRILDO y el REGIDOR.)

BARRILDO: ¡Bravo, Mengo!

REGIDOR: Y con razón.

BARRILDO: ¡Mengo, bien!

FRONDOSO: Eso digo.

MENGO: ¡Ay, ay!

BARRILDO: Toma, bebe, amigo.

MENGO: ¡Ay! ¿Qué es?

BARRILDO: Zumo de limón.

MENGO: ¡Ay, ay!

FRONDOSO: Echa de beber.

BARRILDO: De comer y beber, va.

FRONDOSO: Bien le sienta. Bueno está.

LAURENCIA: Dale otra vez de comer.

MENGO: ¡Ay, ay!

BARRILDO: Esta va por mí.

LAURENCIA: Atragantarse no debe.

FRONDOSO: El que bien niega bien bebe.

REGIDOR: ¿Quieres otra?

MENGO: ¡Ay, ay! Sí, sí.

LAURENCIA: Mengo, un trago te mereces
por cada vuelta del potro.

FRONDOSO: Bebe, bebe... ¿quieres otro?

BARRILDO: ¿Quieres más?

MENGO: Sí, otras tres veces.
¡Ay, ay!

FRONDOSO: Si hay vino, pregunta.

BARRILDO: Sí hay: bebe a tu placer,
que un héroe ha de beber.

(MENGO bebe, hace un gesto de desagrado y escupe.)

FRONDOSO: ¿Qué tiene?

MENGO: De agrio, una punta.

BARRILDO: Tengo otro.

MENGO: Me tranquilizo.

FRONDOSO: Que vea que este es mejor.
¿Quién mató al comendador?

MENGO: Fuente Ovejunica lo hizo.

(Todos ríen. BARRILDO y el REGIDOR ayudan a MENGO y se van los tres.)

FRONDOSO: Justo es que honores le den.
Pero decidme, mi amor,
¿quién mató al comendador?

LAURENCIA: Fuenteovejuna, mi bien.

FRONDOSO: ¿Quién le mató?

LAURENCIA: Dasme espanto.
Pues Fuenteovejuna fue.

FRONDOSO: Y yo, ¿con qué te maté?

LAURENCIA: ¿Con qué? ¡Con quererte tanto!

CUADRO VII

La acción transcurre en la habitación de los reyes, en Tordesillas, donde estaba doña Isabel. El rey Fernando, de paso en su camino hacia Portugal, acude a visitar a la reina.

(En escena, el REY *y doña* ISABEL.*)*

ISABEL: No entendí, señor, hallaros
aquí, y es buena mi suerte.

REY: En nueva gloria convierte
mi vista el bien de miraros.
Iba a Portugal de paso,
y llegar aquí fue fuerza.

ISABEL: Vuestra majestad le tuerza,
siendo conveniente el caso.

REY: ¿Cómo dejáis a Castilla?

ISABEL: En paz queda, quieta y llana.

REY: Siendo vos la que la allana,
estará de maravilla.

(Entra don MANRIQUE.*)*

MANRIQUE: Acude a vuestra presencia
el maestre de Calatrava,
que aquí de llegar acaba;
pide que le deis licencia.

ISABEL: Verle tenía deseado.

MANRIQUE: Señora, escuchad mi empeño:
que, aunque es en edad pequeño,
es valeroso soldado.

(Se va MANRIQUE y entra el MAESTRE.)

MAESTRE: Rodrigo Téllez Girón,
que de loaros no acaba,
maestre de Calatrava,
os pide, humilde, perdón.
Confieso que fui engañado,
y que excedí de lo justo
en cosas de vuestro gusto,
como mal aconsejado.
El consejo de Fernán
y su interés me engañó.
Por eso os pido perdón
con la mayor humildad.
Y si recibir merezco
esta merced que suplico,
desde aquí me certifico
en que a serviros me ofrezco,
y más quinientos soldados
en serviros emplearé,
junto con la firma y fe
de en mi vida disgustaros.

El maestre quiere disculparse por sus actos: no ha sido responsable de su voluntad, sino que ha sido engañado por el comendador.

REY: Alzad, maestre, del suelo;
que, tal como habéis venido,
seréis muy bien recibido.

MAESTRE: Sois de afligidos consuelo.

(Entra de nuevo don MANRIQUE.)

MANRIQUE: Señor, el pesquisidor
que a Fuenteovejuna ha ido,
con noticias ha venido
a contaros su labor.

(Entra el JUEZ.)

JUEZ: A Fuenteovejuna fui
como me habías mandado,
y con especial cuidado
y diligencia asistí.
Haciendo averiguación
del cometido delito,
una hoja no se ha escrito
que sea en comprobación
porque conformes a una,
con un valeroso pecho,
cuando pides quién lo ha hecho,
responden: «Fuenteovejuna».
Trescientos he atormentado
a conciencia y con rigor,
y te prometo, señor,
que más que esto no he sacado.
Hasta niños de diez años
al potro arrimé, y no ha sido
posible haberlo inquirido

ni por halagos ni engaños.
Y pues tan mal se acomoda
el poderlo averiguar,
o los has de perdonar,
o matar la villa toda.
Han venido muchos de ellos
para contarte mejor
quién mató al comendador.

REY: Si están aquí, quiero verlos.

(Entran los dos alcaldes, FRONDOSO, las mujeres y los villanos que quisieren.)

LAURENCIA: ¿Esos dos los reyes son?

FRONDOSO: Y en Castilla poderosos.

LAURENCIA: Por mi fe, que son hermosos.
¡Bendígalos San Antón!

ISABEL: ¿Los agresores son estos?

ESTEBAN: Fuenteovejuna, señora,
que humildes llegan ahora
a serviros muy dispuestos.
La sobrada tiranía
y el insufrible rigor
del muerto comendador,
que mil insultos hacía,
fue el autor de mucho daño.
Las haciendas nos robaba
y las doncellas forzaba
de la aldea y aledaños.

FRONDOSO: Actuaba injustamente
sin piedad y sin honor.
Con su hacer abusador,
mi zagala, el insolente,
cuando conmigo casó,
aquella noche primera,
como si suya ella fuera,
a su casa la llevó;
y a no saberse guardar
ella, que en virtud florece,
ya manifiesto parece
lo que pudiera pasar.

MENGO: ¿No es ya tiempo que hable yo?
Si me dais licencia, entiendo
que os admiréis, sabiendo
del modo que me trató.
Cuando quise defender
una moza de este pueblo,
a Jacinta, que aún me acuerdo,
mandome a palos moler.
Desde el pueblo hasta Castilla
se oyeron los bastonazos
y mi espalda, hecha pedazos,
quedó como una papilla.
Tocaron mis atabales[9]
tres hombres con tal porfía
que aún pienso que todavía
me duran los cardenales.

[9] *atabales: un atabal es una especie de tambor. Mengo se refiere a que le golpearon como a un tambor.*

ESTEBAN: Señor, tuyos ser queremos.
Rey nuestro eres natural,
y con título de tal

ya tus armas puesto habemos.
Esperamos tu clemencia,
y que veas, esperamos,
que en este caso te damos
confirmación de inocencia.

REY: Pues no puede averiguarse
el suceso por escrito,
aunque fue grave el delito,
por fuerza ha de perdonarse.
Y la villa que se quede
conmigo en mi vasallaje,
sin que nadie más la ultraje
hasta que un noble la herede.

Los reyes, con su justicia y su perdón, restablecen el honor del pueblo.

FRONDOSO: Su majestad habla, en fin,
como quien tanto ha acertado.
Y aquí, discreto senado,
Fuenteovejuna da fin.

Era habitual en el teatro del Siglo de Oro que las obras terminaran anunciando el final.

¿Cómo consigue Laurencia movilizar al pueblo?

¿Cómo justifica el pueblo el ataque al comendador? ¿Por qué consiguen el perdón real?

Actividades

Actividades

1 Di si las afirmaciones siguientes son verdaderas o falsas. En caso de que sean falsas, escribe su correspondiente verdadera.

- ☐ Los siglos en los que vivió Lope se conocen como Siglos de Oro por la gloriosa situación política de España.
- ☐ La gran aportación de Lope consistió en cambiar las bases de la novela española.
- ☐ En *Fuenteovejuna* se reivindica el derecho del pueblo a defender su honor frente a las injusticias cometidas por los gobernantes.

2 En *Fuenteovejuna* se suceden dos tramas principales. Numera los acontecimientos siguientes en orden cronológico. Después, sitúalos en una de las dos tramas de la obra.

Trama 1	Trama 2
Conflicto entre los Reyes Católicos y la Orden de Calatrava	Conflicto entre el comendador y el pueblo de Fuenteovejuna

- ☐ La muerte del comendador.
- ☐ La investigación del juez en Fuenteovejuna.
- ☐ El perdón de los Reyes Católicos al maestre de Calatrava.
- ☐ La exposición de los hechos acaecidos en Fuenteovejuna a los Reyes Católicos y el perdón real.
- ☐ La toma de Ciudad Real a manos del comendador y el maestre de Calatrava.
- ☐ Las detenciones con las que termina la boda de Laurencia y Frondoso.

3

Teniendo en cuenta los criterios que Lope expone en su *Arte nuevo de hacer comedias en este tiempo* (ver introducción), justifica, con ejemplos concretos de la obra, que *Fuenteovejuna* pertenece a la Comedia Nueva en una tabla como la siguiente.

Temas	
División en tres actos	
Polimetría	
Ruptura de las tres unidades	
Tragicomedia	
Personajes tipo	

Ante los abusos del comendador hacia las mujeres de la villa, todo el pueblo reacciona unido y firme. Selecciona al menos dos de estas medidas para luchar contra estos abusos hoy día y explica por qué son importantes.

- ☐ Eliminar los estereotipos asociados al género.
- ☐ Denunciar al acosador.
- ☐ No permitir que tu pareja controle tus actos (supervisar los mensajes personales, las salidas y quedadas, las amistades...).
- ☐ Extender la lucha a todos los miembros de la sociedad.
- ☐ Romper con las desigualdades de género.

- ¿Por qué crees que es importante que toda la sociedad esté implicada?

5 Lee los siguientes fragmentos y compara los dos llamamientos al movimiento popular.

¡INDIGNAOS! Un grito, un toque de clarín que interrumpe el tráfico callejero y obliga a levantar la vista a los reunidos en la plaza. Como la sirena que anunciaba la cercanía de aquellos bombarderos: una alerta para no bajar la guardia. [...]

¡INDIGNAOS! Luchad para salvar los logros democráticos basados en valores éticos, de justicia y libertad prometidos tras la dolorosa lección de la segunda guerra mundial. [...]

¡INDIGNAOS!, sin violencia. Hessel nos incita a la insurrección pacífica evocando figuras como Mandela o Martin Luther King.

José Luis Sampedro: Prólogo a *¡Indignaos!*, de Stéphane Hessel

Laurencia: No me nombres tu hija.

Esteban: ¿Por qué, mis ojos? ¿Por qué?

Laurencia: [...]
porque dejas que me roben
tiranos sin que me vengues,
traidores sin que me cobres.
[...]
Me secuestró ante tus ojos:
se me llevó Fernán Gómez
a su casa y me encerró.
¡Qué desatinos enormes,
qué palabras, qué amenazas
y que delitos atroces,
por rendir mi castidad
a sus apetitos torpes!
Mis cabellos, ¿no lo dicen?
¿No se ven aquí los golpes,
de la sangre y las señales?
¿Vosotros sois hombres nobles?
Ovejas sois, bien lo dice
de Fuenteovejuna el nombre.
¡Dadme unas armas a mí!,
pues sois piedras, pues sois bronces,
pues sois jaspes, pues sois tigres...
Tigres no, porque feroces
siguen quien roba a sus hijos,
matando a los cazadores.
Liebres cobardes nacisteis.
¡Bárbaros sois, no españoles!
Gallinas, ¡vuestras mujeres
dejáis que otros hombres gocen!
[...]
¿He de ser yo quien proponga
que las mujeres se cobren
venganza de estos tiranos?

Fuenteovejuna,
acto tercero (págs. 88-89)

15M, indignados en la Puerta del Sol, 2011.

- Investiga sobre el movimiento 15M al que se hace referencia en el primer texto y expón las causas que lo originaron y las consecuencias que provocó.
- ¿Qué relación se puede establecer entre la rebelión de Fuenteovejuna y la de los indignados?
- ¿Qué lograron las dos figuras que se evocan en el prólogo de Sampedro, Luther King y Mandela?

6

El tema del honor es uno de los más importantes de la obra. ¿Con qué actos daña el comendador el honor de los villanos?

- ¿Qué opina él acerca del honor de los labradores? Localiza un fragmento que responda a la pregunta.

7

Lee los siguientes parlamentos y elige aquel con el que estés más de acuerdo. Razona tu elección.

- ☐ Ante los abusos de un gobernante, la rebelión y el castigo del pueblo resultan actos legítimos, siempre que se opte por respuestas pacíficas.
- ☐ Ante los abusos de un gobernante, el pueblo debería permanecer en calma y, antes de actuar por su propia mano, confiar en la justicia.

8

Escribe una lista con los rasgos que consideres que un buen gobernante debe tener. A continuación, compáralos con los que reflejan en la obra los Reyes Católicos y el comendador.

Gobernante ideal	Reyes Católicos	Comendador

EN POCAS PALABRAS

- Lope de Vega contribuye con su obra en la creación del **Siglo de Oro** español.
- Fue un gran vitalista: **apasionado** en su vida y **prolífico** en su obra.
- Ha pasado a la historia como el creador de la **Comedia Nueva**, género que supuso un cambio en la concepción del teatro.
- *Fuenteovejuna* **está basada en un suceso histórico** acaecido durante el reinado de los Reyes Católicos.
- La obra trata sobre el derecho del pueblo a defender la **justicia** y el **honor**.
- Se resalta la importancia de contar con **buenos gobernantes**.

OTROS TÍTULOS DE ESTA COLECCIÓN

- **El Quijote** (adaptado), Miguel de Cervantes
- **El conde Lucanor** (original), don Juan Manuel
- **La Regenta** (adaptado), Leopoldo Alas «Clarín»
- **Rimas y Leyendas** (original), Gustavo Adolfo Bécquer
- **Bodas de sangre** (original), Federico García Lorca
- **Tres sombreros de copa** (original), Miguel Mihura
- **La Celestina** (adaptado), Fernando de Rojas
- **Lazarillo de Tormes** (original), anónimo
- **Luces de bohemia** (original), Ramón María del Valle-Inclán
- **La vida es sueño** (adaptado), Calderón de la Barca
- **La Tribuna** (original), Emilia Pardo Bazán
- **Crimen y castigo** (adaptado), Fiódor Dostoievski